Theodor Storm

Gedichte

Auswahl

Herausgegeben von
Gunter Grimm

Philipp Reclam jun. Stuttgart

Umschlagabbildung: Theodor Storm im 40. Lebensjahr. Ölgemälde von Nicolai Sunde, 1857. (Archiv der Theodor-Storm-Gesellschaft, Husum.)

Universal-Bibliothek Nr. 6080

Bibliographisch ergänzte Ausgabe 1997
Gesamtherstellung: Reclam, Ditzingen. Printed in Germany 1997
RECLAM und UNIVERSAL-BIBLIOTHEK sind eingetragene Marken
der Philipp Reclam jun. GmbH & Co., Stuttgart
ISBN 3-15-006080-X

Gedichte

Natur und Liebe. Liedhafte Lyrik

Westermühlen

Die Heimat hier und hier dein erster Traum!
Das Mühlrad rauscht, so lustig stäubt der Schaum,
Und unten blinkt der Bach in tiefem Schweigen,
Ein Spiegelgrund, drin blau der Himmel ruht.
Vom Ufer rings mit ihren dunklen Zweigen
Taucht sich die Erle in die klare Flut.
Horch, Peitschenknall und muntrer Pferdetrab!
Die Räder knirschen durch den feuchten Sand.
Halt an, halt an! Nun sacht den Berg hinab
Und durch den Bach zum andern Uferrand.
Dann wieder aufwärts links den Weg entlang
Hinauf zur Mühle mit des Kornes Last,
Wo von der Eiche unermüdlich klang
Der Stare fröhlich Plaudern hoch vom Ast.
Zehn Schritte noch, da steht im Schattengrunde
Der Linden halbversteckt das Müllerhaus;
Der Müller mit der Tabakspfeif im Munde
Lehnt in der Tür und schaut behaglich aus.

Begegnung

Das süße Lächeln starb dir im Gesicht,
Und meine Lippen zuckten wie im Fieber;
Doch schwiegen sie – auch grüßten wir uns nicht,
Wir sahn uns an und gingen uns vorüber.

Das Harfenmädchen

Das war noch im Vaterstädtchen;
Da warst du gar zierlich und jung,
Ein süß schwarzäugiges Dirnlein,
Zur Liebe verständig genung.

Und wenn dir die Mutter zu singen
Und Harfe zu spielen gebot,
So scheutest du dich vor den Leuten
Und klagtest mir heimlich die Not.

»Wann treff ich dich wieder und wo doch?« –
»Am Schlosse, wenn's dunkel ist.«
Und abends bin ich gekommen
Und habe dich fröhlich geküßt.

Sind sieben Jahr vergangen,
Daß ich dich nicht gesehn;
Wie bleich doch sind deine Wangen,
Und waren so blühend und schön!

Wie greifst du so keck in die Saiten
Und schaust und äugelst umher!
Das sind die kindlich scheuen,
Die leuchtenden Augen nicht mehr.

Doch kann ich den Blick nicht wenden,
Du einst so reizende Maid;
Mir ist, als schaut ich hinüber
Tief, tief in vergangene Zeit.

Lose

Der einst er seine junge
Sonnige Liebe gebracht,
Die hat ihn gehen heißen,
Nicht weiter sein gedacht.

Drauf hat er heimgeführet
Ein Mädchen still und hold;
Die hat aus allen Menschen
Nur einzig ihn gewollt.

Und ob sein Herz in Liebe
Niemals für sie gebebt,
Sie hat um ihn gelitten
Und nur für ihn gelebt.

Wer je gelebt in Liebesarmen

Wer je gelebt in Liebesarmen,
Der kann im Leben nie verarmen;
Und müßt er sterben fern, allein,
Er fühlte noch die sel'ge Stunde,
Wo er gelebt an ihrem Munde,
Und noch im Tode ist sie sein.

Sprich, bist du stark, wenn schon mein Leben brach
Und nur nicht scheiden kann von deinen Blicken,
Das Auge, das von deiner Liebe sprach,
Auf Nimmerwiedersehen zuzudrücken?

Und bist du stark, was sonst das Herz verführt,
Wenn es sich schmeichelnd, zwingend dargeboten,

Dir stets zu weigern fest und unberührt,
Und jungfräulich zu hangen an dem Toten?

Und bist du stark, daß durch den trüben Flor,
Daß durch die Einsamkeit mühsel'ger Jahre,
Wenn dein Gedächtnis schon mein Bild verlor,
Doch unsre Liebe noch dein Herz bewahre?

Abends

Warum duften die Levkoien so viel schöner bei der Nacht?
Warum brennen deine Lippen so viel röter bei der Nacht?
Warum ist in meinem Herzen so die Sehnsucht auferwacht,
Diese brennend roten Lippen dir zu küssen bei der Nacht?

Gasel

Du weißt es, wie mein ganzes Herz allein durch deine Milde lebt,
Du weißt es, wie mein ganzes Herz allein in deinem Bilde lebt;
Denn wie die Schönheit nimmer schön, die nicht der Seele Atem kennt,
Wie durch des Lichtes Kraft allein der Zauber der Gefilde lebt,
So ist das Leben nicht belebt, als durch der Liebe Sakrament;
Das fühlet, wer die Liebe fühlt, wer unter ihrem Schilde lebt.
Ich aber, der die liebste Frau sein unverlierbar Eigen nennt,
Ich fühle, wie die ganze Welt allein in ihrem Bilde lebt.

Schließe mir die Augen beide

Schließe mir die Augen beide
Mit den lieben Händen zu!
Geht doch alles, was ich leide,
Unter deiner Hand zur Ruh.
Und wie leise sich der Schmerz
Well' um Welle schlafen leget,
Wie der letzte Schlag sich reget,
Füllest du mein ganzes Herz.

Abseits

Es ist so still; die Heide liegt
Im warmen Mittagssonnenstrahle,
Ein rosenroter Schimmer fliegt
Um ihre alten Gräbermale;
Die Kräuter blühn; der Heideduft
Steigt in die blaue Sommerluft.

Laufkäfer hasten durchs Gesträuch
In ihren goldnen Panzerröckchen,
Die Bienen hängen Zweig um Zweig
Sich an der Edelheide Glöckchen,
Die Vögel schwirren aus dem Kraut –
Die Luft ist voller Lerchenlaut.

Ein halbverfallen niedrig Haus
Steht einsam hier und sonnbeschienen;
Der Kätner lehnt zur Tür hinaus,
Behaglich blinzelnd nach den Bienen;
Sein Junge auf dem Stein davor
Schnitzt Pfeifen sich aus Kälberrohr.

Kaum zittert durch die Mittagsruh
Ein Schlag der Dorfuhr, der entfernten;

Dem Alten fällt die Wimper zu,
Er träumt von seinen Honigernten.
– Kein Klang der aufgeregten Zeit
Drang noch in diese Einsamkeit.

Du willst es nicht in Worten sagen

Du willst es nicht in Worten sagen;
Doch legst du's brennend Mund auf Mund,
Und deiner Pulse tiefes Schlagen
Tut liebliches Geheimnis kund.

Du fliehst vor mir, du scheue Taube,
Und drückst dich fest an meine Brust;
Du bist der Liebe schon zum Raube
Und bist dir kaum des Worts bewußt.

Du biegst den schlanken Leib mir ferne,
Indes dein roter Mund mich küßt;
Behalten möchtest du dich gerne,
Da du doch ganz verloren bist.

Du fühlst, wir können nicht verzichten;
Warum zu geben scheust du noch?
Du mußt die ganze Schuld entrichten,
Du mußt, gewiß, du mußt es doch.

In Sehnen halb und halb in Bangen,
Am Ende rinnt die Schale voll;
Die holde Scham ist nur empfangen,
Daß sie in Liebe sterben soll.

Rote Rosen

Wir haben nicht das Glück genossen
In indischer Gelassenheit;
In Qualen ist's emporgeschossen,
Wir wußten nichts von Seligkeit.

Verzehrend kam's in Sturm und Drange;
Ein Weh nur war es, keine Lust!
Es bleichte deine zarte Wange
Und brach den Atem meiner Brust.

Es schlang uns ein in wilde Fluten,
Es riß uns in den jähen Schlund;
Zerschmettert fast und im Verbluten
Lag endlich trunken Mund auf Mund.

Des Lebens Flamme war gesunken,
Des Lebens Feuerquell verrauscht,
Bis wir aufs neu den Götterfunken
Umfangend, selig eingetauscht.

Oktoberlied

Der Nebel steigt, es fällt das Laub;
Schenk ein den Wein, den holden!
Wir wollen uns den grauen Tag
Vergolden, ja vergolden!

Und geht es draußen noch so toll,
Unchristlich oder christlich,
Ist doch die Welt, die schöne Welt,
So gänzlich unverwüstlich!

Und wimmert auch einmal das Herz, –
Stoß an und laß es klingen!

Wir wissen's doch, ein rechtes Herz
Ist gar nicht umzubringen.

Der Nebel steigt, es fällt das Laub;
Schenk ein den Wein, den holden!
Wir wollen uns den grauen Tag
Vergolden, ja vergolden!

Wohl ist es Herbst; doch warte nur,
Doch warte nur ein Weilchen!
Der Frühling kommt, der Himmel lacht,
Es steht die Welt in Veilchen.

Die blauen Tage brechen an,
Und ehe sie verfließen,
Wir wollen sie, mein wackrer Freund,
Genießen, ja genießen!

Ein grünes Blatt

Ein Blatt aus sommerlichen Tagen,
Ich nahm es so im Wandern mit,
Auf daß es einst mir möge sagen,
Wie laut die Nachtigall geschlagen,
Wie grün der Wald, den ich durchschritt.

Ostern

Es war daheim auf unserm Meeresdeich;
Ich ließ den Blick am Horizonte gleiten,
Zu mir herüber scholl verheißungsreich
Mit vollem Klang das Osterglockenläuten.

Wie brennend Silber funkelte das Meer,
Die Inseln schwammen auf dem hohen Spiegel,
Die Möwen schossen blendend hin und her,
Eintauchend in die Flut die weißen Flügel.

Im tiefen Kooge bis zum Deichesrand
War sammetgrün die Wiese aufgegangen;
Der Frühling zog prophetisch über Land,
Die Lerchen jauchzten und die Knospen sprangen. –

Entfesselt ist die urgewalt'ge Kraft,
Die Erde quillt, die jungen Säfte tropfen,
Und alles treibt, und alles webt und schafft,
Des Lebens vollste Pulse hör ich klopfen.

Der Flut entsteigt der frische Meeresduft;
Vom Himmel strömt die goldne Sonnenfülle;
Der Frühlingswind geht klingend durch die Luft
Und sprengt im Flug des Schlummers letzte Hülle.

O wehe fort, bis jede Knospe bricht,
Daß endlich uns ein ganzer Sommer werde;
Entfalte dich, du gottgebornes Licht,
Und wanke nicht, du feste Heimaterde! –

Hier stand ich oft, wenn in Novembernacht
Aufgor das Meer zu gischtbestäubten Hügeln,
Wenn in den Lüften war der Sturm erwacht,
Die Deiche peitschend mit den Geierflügeln.

Und jauchzend ließ ich an der festen Wehr
Den Wellenschlag die grimmen Zähne reiben;
Denn machtlos, zischend schoß zurück das Meer –
Das Land ist unser, unser soll es bleiben!

Waldweg

Fragment

Durch einen Nachbarsgarten ging der Weg,
Wo blaue Schlehn im tiefen Grase standen;
Dann durch die Hecke über schmalen Steg
Auf eine Wiese, die an allen Randen
Ein hoher Zaun vielfarb'gen Laubs umzog;
Buscheichen unter wilden Rosenbüschen,
Um die sich frei die Geißblattranke bog,
Brombeergewirr und Hülsendorn dazwischen;
Vorbei an Farrenkräutern wob der Eppich
Entlang des Walles seinen dunklen Teppich.
Und vorwärtsschreitend störte bald mein Tritt
Die Biene auf, die um die Distel schwärmte,
Bald hörte ich, wie durch die Gräser glitt
Die Schlange, die am Sonnenstrahl sich wärmte.
Sonst war es kirchenstill in alle Weite,
Kein Vogel hörbar; nur an meiner Seite
Sprang schnaufend ab und zu des Oheims Hund;
Denn nicht allein wär ich um solche Zeit
Gegangen zum entlegnen Waldesgrund;
Mir graute vor der Mittagseinsamkeit. –
Heiß war die Luft, und alle Winde schliefen;
Und vor mir lag ein sonnig offner Raum,
Wo quer hindurch schutzlos die Steige liefen
Wohl hatt ich's sauer und ertrug es kaum;
Doch rascher schreitend überwand ich's bald.
Dann war ein Bach, ein Wall zu überspringen;
Dann noch ein Steg, und vor mir lag der Wald,
In dem schon herbstlich rot die Blätter hingen.
Und drüberher, hoch in der blauen Luft,
Stand beutesüchtig ein gewalt'ger Weih,
Die Flügel schlagend durch den Sonnenduft;
Tief aus der Holzung scholl des Hähers Schrei.
Herbstblätterduft und Tannenharzgeruch

Quoll mir entgegen schon auf meinem Wege,
Und dort im Walle schimmerte der Bruch,
Durch den ich meinen Pfad nahm ins Gehege.
Schon streckten dort gleich Säulen der Kapelle
Ans Laubgewölb die Tannenstämme sich;
Dann war's erreicht, und wie an Kirchenschwelle
Umschauerte die Schattenkühle mich.

Zur Nacht

Vorbei der Tag! Nun laß mich unverstellt
Genießen dieser Stunde vollen Frieden!
Nun sind wir unser; von der frechen Welt
Hat endlich uns die heilige Nacht geschieden.

Laß einmal noch, eh sich dein Auge schließt,
Der Liebe Strahl sich rückhaltlos entzünden;
Noch einmal, eh im Traum sie sich vergißt,
Mich deiner Stimme lieben Laut empfinden!

Was gibt es mehr! Der stille Knabe winkt
Zu seinem Strande lockender und lieber;
Und wie die Brust dir atmend schwellt und sinkt,
Trägt uns des Schlummers Welle sanft hinüber.

O süßes Nichtstun

O süßes Nichtstun, an der Liebsten Seite
Zu ruhen auf des Bergs besonnter Kuppe;
Bald abwärts zu des Städtchens Häusergruppe
Den Blick zu senden, bald in ferne Weite!
O süßes Nichtstun, lieblich so gebannt
Zu atmen in den neubefreiten Düften;

Sich locken lassen von den Frühlingslüften,
Hinabzuziehn in das beglänzte Land;
Rückkehren dann aus aller Wunderferne
In deiner Augen heimatliche Sterne.

Die Kleine

Und plaudernd hing sie mir am Arm;
Sie halberschlossen nur dem Leben;
Ich zwar nicht alt, doch aber dort,
Wo uns verläßt die Jugend eben.

Wir wandelten hinauf, hinab
Im dämmergrünen Gang der Linden;
Sie sah mich froh und leuchtend an,
Sie wußte nicht, es könne zünden;

Ihr ahnte keine Möglichkeit,
Kein Wort von so verwegnen Dingen,
Wodurch es selbst die tiefste Kluft
Verlockend wird zu überspringen.

Weiße Rosen

1

Du bissest die zarten Lippen wund,
Das Blut ist danach geflossen;
Du hast es gewollt, ich weiß es wohl,
Weil einst mein Mund sie verschlossen.

Entfärben ließst du dein blondes Haar
In Sonnenbrand und Regen;

Du hast es gewollt, weil meine Hand
Liebkosend darauf gelegen.

Du stehst am Herd in Flammen und Rauch,
Daß die feinen Hände dir sprangen;
Du hast es gewollt, ich weiß es wohl,
Weil mein Auge daran gehangen.

2

Du gehst an meiner Seite hin
Und achtest meiner nicht;
Nun schmerzt mich deine weiße Hand,
Dein süßes Angesicht.

O sprich wie sonst ein liebes Wort,
Ein einzig Wort mir zu!
Die Wunden bluten heimlich fort,
Auch du hast keine Ruh.

Der Mund, der jetzt zu meiner Qual
Sich stumm vor mir verschließt,
Ich hab ihn ja so tausendmal,
Vieltausendmal geküßt.

Was einst so überselig war,
Bricht nun das Herz entzwei;
Das Aug, das meine Seele trank,
Sieht fremd an mir vorbei.

3

So dunkel sind die Straßen,
So herbstlich geht der Wind;
Leb wohl, meine weiße Rose,
Mein Herz, mein Weib, mein Kind!

So schweigend steht der Garten,
Ich wandre weit hinaus;
Er wird dir nicht verraten,
Daß ich nimmer kehr nach Haus.

Der Weg ist gar so einsam,
Es reist ja niemand mit;
Die Wolken nur am Himmel
Halten gleichen Schritt.

Ich bin so müd zum Sterben;
Drum blieb ich gern zu Haus,
Und schliefe gern das Leben
Und Lust und Leiden aus.

Lied des Harfenmädchens

Heute, nur heute
Bin ich so schön;
Morgen, ach morgen
Muß alles vergehn!
Nur diese Stunde
Bist du noch mein;
Sterben, ach sterben
Soll ich allein.

Wohl rief ich sanft dich an mein Herz

Wohl rief ich sanft dich an mein Herz,
Doch blieben meine Arme leer;
Der Stimme Zauber, der du sonst
Nie widerstandest, galt nicht mehr.

Was jetzt dein Leben füllen wird,
Wohin du gehst, wohin du irrst,
Ich weiß es nicht; ich weiß allein,
Daß du mir nie mehr lächeln wirst.

Doch kommt erst jene stille Zeit,
Wo uns das Leben läßt allein,
Dann wird, wie in der Jugend einst,
Nur meine Liebe bei dir sein.

Dann wird, was jetzt geschehen mag,
Wie Schatten dir vorübergehn,
Und nur die Zeit, die nun dahin,
Die uns gehörte, wird bestehn.

Und wenn dein letztes Kissen einst
Beglänzt ein Abendsonnenstrahl,
Es ist die Sonne jenes Tags,
Da ich dich küßte zum erstenmal.

Dämmerstunde

Im Sessel du, und ich zu deinen Füßen –
Das Haupt zu dir gewendet, saßen wir;
Und sanfter fühlten wir die Stunden fließen,
Und stiller ward es zwischen mir und dir;
Bis unsre Augen in einander sanken
Und wir berauscht der Seele Atem tranken.

Die Stadt

Am grauen Strand, am grauen Meer
Und seitab liegt die Stadt;

Der Nebel drückt die Dächer schwer,
Und durch die Stille braust das Meer
Eintönig um die Stadt.

Es rauscht kein Wald, es schlägt im Mai
Kein Vogel ohn Unterlaß;
Die Wandergans mit hartem Schrei
Nur fliegt in Herbstesnacht vorbei,
Am Strande weht das Gras.

Doch hängt mein ganzes Herz an dir,
Du graue Stadt am Meer;
Der Jugend Zauber für und für
Ruht lächelnd doch auf dir, auf dir,
Du graue Stadt am Meer.

In der Frühe

Goldstrahlen schießen übers Dach,
Die Hähne krähn den Morgen wach;
Nun einer hier, nun einer dort,
So kräht es nun von Ort zu Ort.
Und in der Ferne stirbt der Klang –
Ich höre nichts, ich horche lang'.
Ihr wackern Hähne, krähet doch!
Sie schlafen immer, immer noch.

Hyazinthen

Fern hallt Musik; doch hier ist stille Nacht,
Mit Schlummerduft anhauchen mich die Pflanzen:
Ich habe immer, immer dein gedacht;
Ich möchte schlafen, aber du mußt tanzen.

Es hört nicht auf, es rast ohn Unterlaß;
Die Kerzen brennen und die Geigen schreien,
Es teilen und es schließen sich die Reihen,
Und alle glühen; aber du bist blaß.

Und du mußt tanzen; fremde Arme schmiegen
Sich an dein Herz; o leide nicht Gewalt!
Ich seh dein weißes Kleid vorüberfliegen
Und deine leichte, zärtliche Gestalt. – –

Und süßer strömend quillt der Duft der Nacht
Und träumerischer aus dem Kelch der Pflanzen.
Ich habe immer, immer dein gedacht;
Ich möchte schlafen, aber du mußt tanzen.

Im Herbste

Es rauscht, die gelben Blätter fliegen,
Am Himmel steht ein falber Schein;
Du schauerst leis und drückst dich fester
In deines Mannes Arm hinein.

Was nun von Halm zu Halme wandelt,
Was nach den letzten Blumen greift,
Hat heimlich im Vorübergehen
Auch dein geliebtes Haupt gestreift.

Doch reißen auch die zarten Fäden,
Die warme Nacht auf Wiesen spann –
Es ist der Sommer nur, der scheidet;
Was geht denn uns der Sommer an!

Du legst die Hand an meine Stirne
Und schaust mir prüfend ins Gesicht;
Aus deinen milden Frauenaugen
Bricht gar zu melancholisch Licht.

Erlosch auch hier ein Duft, ein Schimmer,
Ein Rätsel, das dich einst bewegt,
Daß du in meine Hand gefangen
Die freie Mädchenhand gelegt?

O schaudre nicht! Ob auch unmerklich
Der schönste Sonnenschein verrann –
Es ist der Sommer nur, der scheidet;
Was geht denn uns der Sommer an!

Trost

So komme, was da kommen mag!
So lang du lebest, ist es Tag.

Und geht es in die Welt hinaus,
Wo du mir bist, bin ich zu Haus.

Ich seh dein liebes Angesicht,
Ich sehe die Schatten der Zukunft nicht.

Februar

Im Winde wehn die Lindenzweige,
Von roten Knospen übersäumt;
Die Wiegen sind's, worin der Frühling
Die schlimme Winterzeit verträumt.

März

Und aus der Erde schauet nur
Alleine noch Schneeglöckchen;
So kalt, so kalt ist noch die Flur,
Es friert im weißen Röckchen.

April

Das ist die Drossel, die da schlägt,
Der Frühling, der mein Herz bewegt;
Ich fühle, die sich hold bezeigen,
Die Geister aus der Erde steigen.
Das Leben fließet wie ein Traum –
Mir ist wie Blume, Blatt und Baum.

Mai

1

Die Kinder schreien »Vivat hoch!«
In die blaue Luft hinein;
Den Frühling setzen sie auf den Thron,
Der soll ihr König sein.

2

Die Kinder haben die Veilchen gepflückt,
All, all, die da blühten am Mühlengraben.
Der Lenz ist da; sie wollen ihn fest
In ihren kleinen Fäusten haben.

Juli

Klingt im Wind ein Wiegenlied,
Sonne warm herniedersieht,
Seine Ähren senkt das Korn,
Rote Beere schwillt am Dorn,
Schwer von Segen ist die Flur –
Junge Frau, was sinnst du nur?

August

(Inserat)

Die verehrlichen Jungen, welche heuer
Meine Äpfel und Birnen zu stehlen gedenken,
Ersuche ich höflichst, bei diesem Vergnügen
Womöglich insoweit sich zu beschränken,
Daß sie daneben auf den Beeten
Mir die Wurzeln und Erbsen nicht zertreten.

Meeresstrand

Ans Haff nun fliegt die Möwe,
Und Dämmrung bricht herein;
Über die feuchten Watten
Spiegelt der Abendschein.

Graues Geflügel huschet
Neben dem Wasser her;
Wie Träume liegen die Inseln
Im Nebel auf dem Meer.

Ich höre des gärenden Schlammes
Geheimnisvollen Ton,

Einsames Vogelrufen –
So war es immer schon.

Noch einmal schauert leise
Und schweiget dann der Wind;
Vernehmlich werden die Stimmen,
Die über der Tiefe sind.

Sommermittag

Nun ist es still um Hof und Scheuer,
Und in der Mühle ruht der Stein;
Der Birnenbaum mit blanken Blättern
Steht regungslos im Sonnenschein.

Die Bienen summen so verschlafen;
Und in der offnen Bodenluk,
Benebelt von dem Duft des Heues,
Im grauen Röcklein nickt der Puk.

Der Müller schnarcht und das Gesinde,
Und nur die Tochter wacht im Haus;
Die lachet still und zieht sich heimlich
Fürsichtig die Pantoffeln aus.

Sie geht und weckt den Müllerburschen,
Der kaum den schweren Augen traut:
»Nun küsse mich, verliebter Junge;
Doch sauber, sauber! nicht zu laut.«

Die Nachtigall

Das macht, es hat die Nachtigall
Die ganze Nacht gesungen;

Da sind von ihrem süßen Schall,
Da sind in Hall und Widerhall
Die Rosen aufgesprungen.

Sie war doch sonst ein wildes Blut;
Nun geht sie tief in Sinnen,
Trägt in der Hand den Sommerhut
Und duldet still der Sonne Glut,
Und weiß nicht, was beginnen.

Das macht, es hat die Nachtigall
Die ganze Nacht gesungen;
Da sind von ihrem süßen Schall,
Da sind in Hall und Widerhall
Die Rosen aufgesprungen.

Gedenkst du noch?

Gedenkst du noch, wenn in der Frühlingsnacht
Aus unserm Kammerfenster wir hernieder
Zum Garten schauten, wo geheimnisvoll
Im Dunkel dufteten Jasmin und Flieder?
Der Sternenhimmel über uns so weit,
Und du so jung; unmerklich geht die Zeit.

Wie still die Luft! Des Regenpfeifers Schrei
Scholl klar herüber von dem Meeresstrande;
Und über unsrer Bäume Wipfel sahn
Wir schweigend in die dämmerigen Lande.
Nun wird es wieder Frühling um uns her,
Nur eine Heimat haben wir nicht mehr.

Nun horch ich oft, schlaflos in tiefer Nacht,
Ob nicht der Wind zur Rückfahrt möge wehen.
Wer in der Heimat erst sein Haus gebaut,

Der sollte nicht mehr in die Fremde gehen!
Nach drüben ist sein Auge stets gewandt:
Doch eines blieb, – wir gehen Hand in Hand.

Du warst es doch

In buntem Zug zum Walde ging's hinaus;
Du bei den Kindern bliebst allein zu Haus.
Und draußen haben wir getanzt, gelacht,
Und kaum, so war mir, hatt' ich dein gedacht. –
Nun kommt der Abend, und die Zeit beginnt,
Wo auf sich selbst die Seele sich besinnt;
Nun weiß ich auch, was mich so froh ließ sein,
Du warst es doch, und du nur ganz allein.

Eine Frühlingsnacht

Im Zimmer drinnen ist's so schwül;
Der Kranke liegt auf dem heißen Pfühl.

Im Fieber hat er die Nacht verbracht;
Sein Herz ist müde, sein Auge verwacht.

Er lauscht auf der Stunden rinnenden Sand;
Er hält die Uhr in der weißen Hand.

Er zählt die Schläge, die sie pickt,
Er forschet, wie der Weiser rückt;

Es fragt ihn, ob er noch leb' vielleicht,
Wenn der Weiser die schwarze Drei erreicht.

Die Wartfrau sitzt geduldig dabei,
Harrend, bis alles vorüber sei. –

Schon auf dem Herzen drückt ihn der Tod;
Und draußen dämmert das Morgenrot.

An die Fenster klettert der Frühlingstag.
Mädchen und Vögel werden wach.

Die Erde lacht in Liebesschein,
Pfingstglocken läuten das Brautfest ein;

Singende Bursche ziehn übers Feld
Hinein in die blühende, klingende Welt. –

Und immer stiller wird es drin;
Die Alte tritt zum Kranken hin.

Der hat die Hände gefaltet dicht;
Sie zieht ihm das Laken übers Gesicht.

Dann geht sie fort. Stumm wird's und leer;
Und drinnen wacht kein Auge mehr.

Einer Toten

1

Du glaubtest nicht an frohe Tage mehr,
Verjährtes Leid ließ nimmer dich genesen;
Die Mutterfreude war für dich zu schwer,
Das Leben war dir gar zu hart gewesen. –

Er saß bei dir in letzter Liebespflicht;
Noch eine Nacht, noch eine war gegeben!
Auch die verrann; dann kam das Morgenlicht.
»Mein guter Mann, wie gerne wollt ich leben!«

Er hörte still die sanften Worte an,
Wie sie sein Ohr in bangen Pausen trafen:
»Sorg für das Kind – ich sterbe, süßer Mann.«
Dann halbverständlich noch: »Nun will ich schlafen.«

Und dann nichts mehr; – du wurdest nimmer wach,
Dein Auge brach, die Welt ward immer trüber;
Der Atem Gottes wehte durchs Gemach,
Dein Kind schrie auf, und dann warst du hinüber.

2

Das aber kann ich nicht ertragen,
Daß so wie sonst die Sonne lacht;

Daß wie in deinen Lebenstagen
Die Uhren gehn, die Glocken schlagen,
Einförmig wechseln Tag und Nacht;

Daß, wenn des Tages Lichter schwanden,
Wie sonst der Abend uns vereint;
Und daß, wo sonst dein Stuhl gestanden,
Schon andre ihre Plätze fanden,
Und nichts dich zu vermissen scheint;

Indessen von den Gitterstäben
Die Mondesstreifen schmal und karg
In deine Gruft hinunterweben,
Und mit gespenstig trübem Leben
Hinwandeln über deinen Sarg.

O bleibe treu den Toten

O bleibe treu den Toten,
Die lebend du betrübt;
O bleibe treu den Toten,
Die lebend dich geliebt!

Sie starben; doch sie blieben
Auf Erden wesenlos,
Bis allen ihren Lieben
Der Tod die Augen schloß.

Indessen du dich herzlich
In Lebenslust versenkst,
Wie sehnen sie sich schmerzlich,
Daß ihrer du gedenkst!

Sie nahen dir in Liebe,
Allein du fühlst es nicht;

Sie schaun dich an so trübe,
Du aber siehst es nicht.

Die Brücke ist zerfallen;
Nun mühen sie sich bang,
Ein Liebeswort zu lallen,
Das nie hinüberdrang.

In ihrem Schattenleben
Quält eins sie gar zu sehr:
Ihr Herz will dir vergeben,
Ihr Mund vermag's nicht mehr.

O bleibe treu den Toten,
Die lebend du betrübt;
O bleibe treu den Toten,
Die lebend dich geliebt!

Natur, du kannst mich nicht vernichten,
Weil es dich selbst vernichten heißt.
Hebbel.

Wie wenn das Leben wär nichts andres,
Als das Verbrennen eines Lichts!
Verloren geht kein einzig Teilchen,
Jedoch wir selber gehn ins Nichts!

Denn was wir Leib und Seele nennen,
So fest in eins gestaltet kaum,
Es löst sich auf in Tausendteilchen
Und wimmelt durch den öden Raum.

Es waltet stets dasselbe Leben,
Natur geht ihren ew'gen Lauf;
In tausend neuerschaffnen Wesen
Stehn diese tausend Teilchen auf.

Das Wesen aber ist verloren,
Das nur durch ihren Bund bestand,
Wenn nicht der Zufall die verstäubten
Aufs neu zu einem Sein verband.

In böser Stunde

Ein schwaches Stäbchen ist die Liebe,
Das deiner Jugend Rebe trägt,
Das wachsend bald der Baum des Lebens
Mit seinen Ästen selbst zerschlägt.

Und drängtest du mit ganzer Seele
Zu allerinnigstem Verein,
Du wirst am Ende doch, am Ende
Nur auf dir selbst gelassen sein.

Vor Tag

1

Wir harren nicht mehr ahnungsvoll
Wie sonst auf blaue Märchenwunder;
Wie sich das Buch entwickeln soll,
Wir wissen's ganz genau jetzunder.

Wir blätterten schon hin und her,
– Denn ruchlos wurden unsre Hände –
Und auf der letzten Seite sahn
Wir schon das schlimme Wörtlein Ende.

2

Und geht es noch so rüstig
Hin über Stein und Steg,

Es ist eine Stelle im Wege,
Du kommst darüber nicht weg.

3

Schlug erst die Stunde, wo auf Erden
Dein holdes Bildnis sich verlor,
Dann wirst du niemals wieder werden,
So wie du niemals warst zuvor.

4

Da diese Augen nun in Staub vergehen,
So weiß ich nicht, wie wir uns wiedersehen.

Lucie

Ich seh sie noch, ihr Büchlein in der Hand,
Nach jener Bank dort an der Gartenwand
Vom Spiel der andern Kinder sich entfernen;
Sie wußte wohl, es mühte sie das Lernen.

Nicht war sie klug, nicht schön; mir aber war
Ihr blaß Gesichtchen und ihr blondes Haar,
Mir war es lieb; aus der Erinnrung Düster
Schaut es mich an; wir waren recht Geschwister.

Ihr schmales Bettchen teilte sie mit mir,
Und nächtens Wang an Wange schliefen wir;
Das war so schön! Noch weht ein Kinderfrieden
Mich an aus jenen Zeiten, die geschieden.

Ein Ende kam; – ein Tag, sie wurde krank
Und lag im Fieber viele Wochen lang;
Ein Morgen dann, wo sanft die Winde gingen,
Da ging sie heim; es blühten die Syringen.

Die Sonne schien; ich lief ins Feld hinaus
Und weinte laut; dann kam ich still nach Haus.
Wohl zwanzig Jahr und drüber sind vergangen –
An wie viel anderm hat mein Herz gehangen!

Was hab ich heute denn nach dir gebangt?
Bist du mir nah und hast nach mir verlangt?
Willst du, wie einst nach unsern Kinderspielen,
Mein Knabenhaupt an deinem Herzen fühlen?

Im Zeichen des Todes

Noch war die Jugend mein, die schöne, ganze,
Ein Morgen nur, ein Gestern gab es nicht;
Da sah der Tod im hellsten Sonnenglanze,
Mein Haar berührend, mir ins Angesicht.

Die Welt erlosch, der Himmel brannte trübe;
Ich sprang empor entsetzt und ungestüm.
Doch er verschwand; die Ewigkeit der Liebe
Lag vor mir noch und trennte mich von ihm.

Und heute nun – im sonnigen Gemache
Zur Rechten und zur Linken schlief mein Kind;
Des zarten Atems lauschend hielt ich Wache,
Und an den Fenstern ging der Sommerwind.

Da sanken Nebelschleier dicht und dichter
Auf mich herab; kaum schienen noch hervor
Der Kinder schlummerselige Gesichter,
Und nicht mehr drang ihr Atem an mein Ohr.

Ich wollte rufen; doch die Stimme keuchte,
Bis hell die Angst aus meinem Herzen schrie.
Vergebens doch; kein Schrei der Angst erreichte,
Kein Laut der Liebe mehr erreichte sie.

In grauer Finsternis stand ich verlassen,
Bewegungslos und schauernden Gebeins;
Ich fühlte kalt mein schlagend Herz erfassen,
Und ein entsetzlich Auge sank in meins.

Ich floh nicht mehr; ich fesselte das Grauen
Und faßte mühsam meines Auges Kraft;
Dann überkam vorahnend mich Vertrauen
Zu dem, der meine Sinne hielt in Haft.

Und als ich fest den Blick zurückgegeben,
Lag plötzlich tief zu Füßen mir die Welt;
Ich sah mich hoch und frei ob allem Leben
An deiner Hand, furchtbarer Fürst, gestellt.

Den Dampf der Erde sah empor ich streben
Und ballen sich zu Mensch- und Tiergestalt;
Sah es sich schütteln, tasten, sah es leben,
Und taumeln dann und schwinden alsobald.

Im fahlen Schein im Abgrund sah ich's liegen,
Und sah sich's regen in der Städte Rauch;
Ich sah es wimmeln, hasten, sich bekriegen,
Und sah mich selbst bei den Gestalten auch.

Und niederschauend von des Todes Warte,
Kam mir der Drang, das Leben zu bestehn,
Die Lust, dem Feind, der unten meiner harrte,
Mit vollem Aug ins Angesicht zu sehn.

Und kühlen Hauches durch die Adern rinnen
Fühlt ich die Kraft, entgegen Lust und Schmerz
Vom Leben fest mich selber zu gewinnen,
Wenn andres nicht, so doch ein ganzes Herz. –

Da fühlt ich mich im Sonnenlicht erwachen;
Es dämmerte, verschwebte und zerrann;

In meine Ohren klang der Kinder Lachen,
Und frische, blaue Augen sahn mich an.

O schöne Welt! So sei in ernstem Zeichen
Begonnen denn der neue Lebenstag!
Es wird die Stirn nicht allzusehr erbleichen,
Auf der, o Tod, dein dunkles Auge lag.

Ich fühle tief, du gönnetest nicht allen
Dein Angesicht; sie schauen dich ja nur,
Wenn sie dir taumelnd in die Arme fallen,
Ihr Los erfüllend gleich der Kreatur.

Mich aber laß unirren Augs erblicken,
Wie sie, von keiner Ahnung angeweht,
Brutalen Sinns ihr nichtig Werk beschicken,
Unkundig deiner stillen Majestät.

Weihnachtabend

Die fremde Stadt durchschritt ich sorgenvoll,
Der Kinder denkend, die ich ließ zu Haus.
Weihnachten war's; durch alle Gassen scholl
Der Kinderjubel und des Markts Gebraus.

Und wie der Menschenstrom mich fortgespült,
Drang mir ein heiser Stimmlein in das Ohr:
»Kauft, lieber Herr!« Ein magres Händchen hielt
Feilbietend mir ein ärmlich Spielzeug vor.

Ich schrak empor, und beim Laternenschein
Sah ich ein bleiches Kinderangesicht;
Wes Alters und Geschlechts es mochte sein,
Erkannt ich im Vorübertreiben nicht.

Nur von dem Treppenstein, darauf es saß,
Noch immer hört ich, mühsam, wie es schien:
»Kauft, lieber Herr!« den Ruf ohn Unterlaß;
Doch hat wohl keiner ihm Gehör verliehn.

Und ich? – War's Ungeschick, war es die Scham,
Am Weg zu handeln mit dem Bettelkind?
Eh meine Hand zu meiner Börse kam,
Verscholl das Stimmlein hinter mir im Wind.

Doch als ich endlich war mit mir allein,
Erfaßte mich die Angst im Herzen so,
Als säß mein eigen Kind auf jenem Stein
Und schrie' nach Brot, indessen ich entfloh.

Schlaflos

Aus Träumen in Ängsten bin ich erwacht;
Was singt doch die Lerche so tief in der Nacht!

Der Tag ist gegangen, der Morgen ist fern,
Aufs Kissen hernieder scheinen die Stern'.

Und immer hör ich den Lerchengesang;
O Stimme des Tages, mein Herz ist bang.

Gartenspuk

Daheim noch war es; spät am Nachmittag.
Im Steinhof unterm Laub des Eschenbaums
Ging schon der Zank der Sperlinge zur Ruh;
Ich, an der Hoftür, stand und lauschte noch,
Wie Laut um Laut sich mühte und entschlief.

Der Tag war aus; schon vom Levkoienbeet
Im Garten drüben kam der Abendduft;
Die Schatten fielen; bläulich im Gebüsch
Wie Nebel schwamm es. Träumend blieb ich stehn,
Gedankenlos, und sah den Steig hinab;
Und wieder sah ich – und ich irrte nicht –
Tief unten, wo im Grund der Birnbaum steht,
Langsam ein Kind im hohen Grase gehen;
Ein Knabe schien's, im grauen Kittelchen.
Ich kannt es wohl; denn schon zum öftern Mal
Sah dort im Dämmer ich so holdes Bild;
Die Abendstille schien es herzubringen,
Doch näher tretend fand man es nicht mehr.
Nun ging es wieder, stand und ging umher,
Als freu es sich der Garteneinsamkeit. –
Ich aber, diesmal zu beschleichen es,
Ging leise durch den Hof und seitwärts dann
Im Schatten des Holunderzauns entlang,
Sorgsam die Schritte messend; einmal nur
Nach einer Erdbeerranke bückt ich mich,
Die durch den Weg hinausgelaufen war.
Schon schlüpft ich bei der Geißblattlaube durch;
Ein Schritt noch ums Gebüsch, so war ich dort,
Und mit den Händen mußt ich's greifen können.
Umsonst! – Als ich den letzten Schritt getan,
Da war es wieder wie hinweggetäuscht.
Still stand das Gras, und durch den grünen Raum
Flog surrend nur ein Abendschmetterling;
Auch an den Linden, an den Fliederbüschen,
Die ringsum standen, regte sich kein Blatt.
Nachsinnend schritt ich auf dem Rasen hin
Und suchte töricht nach der Füßchen Spur
Und nach den Halmen, die ihr Tritt geknickt;
Dann endlich trat ich aus der Gartentür,
Um draußen auf dem Deich den schwülen Tag
Mit einem Gang im Abendwind zu schließen.
Doch als ich schon die Pforte zugedrückt,

Den Schlüssel abzog, fiel ein Sonnenriß,
Der in der Planke war, ins Auge mir;
Und fast unachtsam lugte ich hindurch.
Dort lag der Rasen, tief im Schatten schon;
Und sieh! Da war es wieder, unweit ging's,
Grasrispen hatt' es in die Hand gepflückt;
Ich sah es deutlich ... In sein blaß Gesichtchen
Fiel schlicht das Haar; die Augen sah man nicht,
Sie blickten erdwärts, gern, so schien's, betrachtend
Was dort geschah; doch lächelte der Mund.
Und nun an einem Eichlein kniet' es hin,
Das spannenhoch kaum aus dem Grase sah,
– Vom Walde hatt' ich jüngst es heimgebracht –
Und legte sacht ein welkes Blatt beiseit
Und strich liebkosend mit der Hand daran.
Darauf – kaum nur vermocht ich's zu erkennen;
Denn Abend ward es, doch ich sah's genau –
Ein Käfer klomm den zarten Stamm hinauf,
Bis endlich er das höchste Blatt erreicht;
Er hatte wohl den heißen Tag verschlafen
Und rüstete sich nun zum Abendflug.
Rückwärts die Händchen in einander legend,
Behutsam sah das Kind auf ihn herab.
Schon putzte er die Fühler, spannte schon
Die Flügeldecken aus, ein Weilchen, und
Nun flog er fort. Da nickt' es still ihm nach.

Ich aber dachte: »Rühre nicht daran!«
Hob leis die Stirn und ging den Weg hinab,
Den Garten lassend in so holder Hut.
Nicht merkt ich, daß einsam die Wege wurden,
Daß feucht vom Meere strich die Abendluft;
Erfüllet ganz von süßem Heimgefühl,
Ging weit ich in die Dunkelheit hinaus.

Da fiel ein Stern; und plötzlich mahnt' es mich
Des Augenblicks, da ich das Haus verließ,

Die Hand entreißend einer zarteren,
Die drin im Flur mich festzuhalten strebte;
Denn schon selbander hausete ich dort. –
Nun ging ich raschen Schritts den Weg zurück;
Und als ich spät, da schon der Wächter rief,
Heimkehrend wieder durch den Garten schritt,
Hing stumm die Finsternis in Halm und Zweigen,
Die Kronen kaum der Bäume rauschten leis.
Vom Hause her nur, wo im Winkel dort
Der Nußbaum vor dem Kammerfenster steht,
Verstohlen durch die Zweige schien ein Licht.
Ein Weilchen noch, und sieh! ein Schatten fiel,
Ein Fenster klang, und in die Nacht hinaus
Rief eine Stimme: »Bist du's?« – »Ja, ich bin's!«

Die Zeit vergeht; längst bin ich in der Fremde,
Und Fremde hausen, wo mein Erbe steht.
Doch bin ich einmal wieder dort gewesen;
Mir nicht zur Freude und den andern nicht.
Einmal auch in der Abenddämmerung
Geriet ich in den alten Gartenweg.
Da stand die Planke; wie vor Jahren schon,
Hing noch der Linden schön Gezweig herab;
Von drüben kam Resedaduft geweht,
Und Dämmrungsfalter flogen durch die Luft.
Ging's noch so hold dort in der Abendstunde? –
Fest und verschlossen stand die Gartentür;
Dahinter stumm lag die vergangne Zeit.
Ausstreckt ich meine Arme; denn mir war,
Als sei im Rasen dort mein Herz versenkt. –
Da fiel mein Aug auf jenen Sonnenriß,
Der noch, wie ehmals, ließ die Durchsicht frei.
Schon hatt' ich zögernd einen Schritt getan;
Noch einmal blicken wollt ich in den Raum,
Darin ich sonst so festen Fußes ging.
Nicht weiter kam ich. Siedend stieg mein Blut,
Mein Aug ward dunkel; Grimm und Heimweh stritten

Sich um mein Herz; und endlich, leidbezwungen,
Ging ich vorüber. Ich vermocht es nicht.

Ein Sterbender

Am Fenster sitzt er, alt, gebrochnen Leibes,
Und trommelt müßig an die feuchten Scheiben;
Grau ist der Wintertag und grau sein Haar.
Mitunter auch besieht er aufmerksam
Der Adern Hüpfen auf der welken Hand.
Es geht zu Ende; ratlos irrt sein Aug
Von Tisch zu Tisch, drauf Schriftwerk aller Art,
Sein harrend, hoch und höher sich getürmt.
Vergebens! Was er täglich sonst bezwang,
Es ward ein Berg; er kommt nicht mehr hinüber.
Und dennoch, wenn auch trübe, lächelt er
Und sucht wie sonst noch mit sich selbst zu scherzen;
Ein Aktenstoß in tücht'gen Stein gehauen,
Es dünket ihn kein übel Epitaph.
Doch streng aufs neue schließet sich sein Mund;
Er kehrt sich ab, und wieder mit den grellen
Pupillen starrt er in die öde Luft
Und trommelt weiter an die Fensterscheiben.

Da wird es plötzlich hell; ein bleicher Strahl
Der Wintersonne leuchtet ins Gemach
Und auf ein Bild genüber an der Wand.
Und aus dem Rahmen tritt ein Mädchenkopf,
Darauf wie Frühtau noch die Jugend liegt;
Aus großen hold erstaunten Augen sprüht
Verheißung aller Erdenseligkeit.
Er kennt das Wort auf diesen roten Lippen,
Er nur allein. Erinnrung faßt ihn an;
Fata Morgana steigen auf betörend;
Lau wird die Luft – wie hold die Düfte wehen!

Mit Rosen ist der Garten überschüttet,
Auf allen Büschen liegt der Sonnenschein.
Die Bienen summen; und ein Mädchenlachen
Fliegt süß und silbern durch den Sommertag.
Sein Ohr ist trunken. »O, nur einmal noch!«
Er lauscht umsonst, und seufzend sinkt sein Haupt.
»Du starbst. – Wo bist du? – Gibt es eine Stelle
Noch irgendwo im Weltraum, wo du bist? –
Denn daß du mein gewesen, daß das Weib
Dem Manne gab der unbekannte Gott, –
Ach dieser unergründlich süße Trunk,
Und süßer stets, je länger du ihn trinkst,
Er läßt mich zweifeln an Unsterblichkeit;
Denn alle Bitternis und Not des Lebens
Vergilt er tausendfach; und drüberhin
Zu hoffen, zu verlangen weiß ich nichts!«
In leere Luft ausstreckt er seine Arme:
»Hier diese Räume, wo du einst gelebt,
Erfüllt ein Schimmer deiner Schönheit noch;
Nur mir erkennbar; wenn auch meine Augen
Geschlossen sind, von keinem dann gesehn.«

Vor ihm mit dunklem Weine steht ein Glas,
Und zitternd langet seine Hand danach;
Er schlürft ihn langsam, aber auch der Wein
Erfreut nicht mehr sein Herz. Er stützt das Haupt.
»Einschlafen, fühl ich, will das Ding, die Seele,
Und näher kommt die rätselhafte Nacht!« – –
Ihm unbewußt entfliehen die Gedanken
Und jagen sich im unermeßnen Raum. –
Da steigt Gesang, als wollt's ihn aufwärts tragen;
Von drüben aus der Kirche schwillt der Chor.
Und mit dem innern Auge sieht er sie,
So Mann als Weib, am Stamm des Kreuzes liegen.
Sie blicken in die bodenlose Nacht;
Doch ihre Augen leuchten feucht verklärt,
Als sähen sie im Urquell dort des Lichts

Das Leben jung und rosig auferstehn.
»Sie träumen«, spricht er – leise spricht er es –
»Und diese bunten Bilder sind ihr Glück.
Ich aber weiß es, daß die Todesangst
Sie im Gehirn der Menschen ausgebrütet.«
Abwehrend streckt er seine Hände aus:
»Was ich gefehlt, des einen bin ich frei;
Gefangen gab ich niemals die Vernunft,
Auch um die lockendste Verheißung nicht;
Was übrig ist, – ich harre in Geduld.«
Mit klaren Augen schaut der Greis umher;
Und während tiefer schon die Schatten fallen,
Erhebt er sich und schleicht von Stuhl zu Stuhl,
Und setzt sich noch einmal dort an den Tisch,
Wo ihm so manche Nacht die Lampe schien.
Noch einmal schreibt er; doch die Feder sträubt sich;
Sie, die bisher dem Leben nur gedient,
Sie will nicht gehen in den Dienst des Todes;
Er aber zwingt sie, denn sein Wille soll
So weit noch reichen, als er es vermag.

Die Wanduhr mißt mit hartem Pendelschlag,
Als dränge sie, die fliehenden Sekunden;
Sein Auge dunkelt; ungesehen naht,
Was ihm die Feder aus den Fingern nimmt.
Doch schreibt er mühsam noch in großen Zügen,
Und Dämmrung fällt wie Asche auf die Schrift:
»Auch bleib' der Priester meinem Grabe fern;
Zwar sind es Worte, die der Wind verweht,
Doch will es sich nicht schicken, daß Protest
Gepredigt werde dem, was ich gewesen,
Indes ich ruh im Bann des ew'gen Schweigens.«

Beginn des Endes

Ein Punkt nur ist es, kaum ein Schmerz,
Nur ein Gefühl, empfunden eben;
Und dennoch spricht es stets darein,
Und dennoch stört es dich zu leben.

Wenn du es andern klagen willst,
So kannst du's nicht in Worte fassen.
Du sagst dir selber: »Es ist nichts!«
Und dennoch will es dich nicht lassen.

So seltsam fremd wird dir die Welt,
Und leis verläßt dich alles Hoffen,
Bis du es endlich, endlich weißt,
Daß dich des Todes Pfeil getroffen.

Tiefe Schatten

So komme, was da kommen mag!
So lang du lebest, ist es Tag;

Und geht es in die Welt hinaus,
Wo du mir bist, bin ich zu Haus.

Ich seh dein liebes Angesicht,
Ich sehe die Schatten der Zukunft nicht.

1

In der Gruft bei den alten Särgen
Steht nun ein neuer Sarg,
Darin vor meiner Liebe
Sich das süßeste Antlitz barg.

Den schwarzen Deckel der Truhe
Verhängen die Kränze ganz;
Ein Kranz von Myrtenreisern,
Ein weißer Syringenkranz.

Was noch vor wenig Tagen
Im Wald die Sonne beschien,
Das duftet nun hier unten:
Maililien und Buchengrün.

Geschlossen sind die Steine,
Nur oben ein Gitterlein;
Es liegt die geliebte Tote
Verlassen und allein.

Vielleicht im Mondenlichte,
Wenn die Welt zur Ruhe ging,
Summt noch um die weißen Blüten
Ein dunkler Schmetterling.

2

Mitunter weicht von meiner Brust,
Was sie bedrückt seit deinem Sterben;
Es drängt mich, wie in Jugendlust,
Noch einmal um das Glück zu werben.

Doch frag ich dann: Was ist das Glück?
So kann ich keine Antwort geben,
Als die, daß du mir kämst zurück,
Um so wie einst mit mir zu leben.

Dann seh ich jenen Morgenschein,
Da wir dich hin zur Gruft getragen;
Und lautlos schlafen die Wünsche ein,
Und nicht mehr will ich das Glück erjagen.

3

Gleich jenem Luftgespenst der Wüste
Gaukelt vor mir
Der Unsterblichkeitsgedanke;

Und in den bleichen Nebel der Ferne
Täuscht er dein Bild.

Markverzehrender Hauch der Sehnsucht,
Betäubende Hoffnung befällt mich;
Aber ich raffe mich auf,
Dir nach, dir nach;
Jeder Tag, jeder Schritt ist zu dir.

Doch, unerbittliches Licht dringt ein;
Und vor mir dehnt es sich,
Öde, voll Entsetzen der Einsamkeit;
Dort in der Ferne ahn ich den Abgrund;
Darin das Nichts. –

Aber weiter und weiter
Schlepp ich mich fort;
Von Tag zu Tag,
Von Mond zu Mond,
Von Jahr zu Jahr;

Bis daß ich endlich,
Erschöpft an Leben und Hoffnung,
Werd' hinstürzen am Weg,
Und die alte ewige Nacht
Mich begräbt barmherzig,
Samt allen Träumen der Sehnsucht.

4

Weil ich ein Sänger bin, so frag ich nicht,
Warum die Welt so still nun meinem Ohr;
Die eine, die geliebte Stimme fehlt,
Für die nur alles andre war der Chor.

5

Und am Ende der Qual alles Strebens
Ruhig erwart ich, was sie beschert,
Jene dunkelste Stunde des Lebens;
Denn die Vernichtung ist auch was wert.

6

Der Geier Schmerz flog nun davon,
Die Stätte, wo er saß, ist leer;
Nur unten tief in meiner Brust
Regt sich noch etwas, dumpf und schwer.

Das ist die Sehnsucht, die mit Qual
Um deine holde Nähe wirbt,
Doch, eh sie noch das Herz erreicht,
Mutlos die Flügel senkt und stirbt.

Ein Leib und eine Seele, wie wir waren,
Kann ich von deinem Tode nicht genesen;
Wie du zerfällst einsam in deinem Grabe,
So fühl ich mich, mein Leben, mit verwesen.

Größer werden die Menschen nicht;
Doch unter den Menschen
Größer und größer wächst
Die Welt des Gedankens.
Strengeres fodert jeglicher Tag
Von den Lebenden.
Und so sehen es alle,
Die zu sehen verstehn,
Aus dem seligen Glauben des Kreuzes

Bricht ein andrer hervor,
Selbstloser und größer.
Dessen Gebot wird sein:
Edel lebe und schön,
Ohne Hoffnung künftigen Seins
Und ohne Vergeltung,
Nur um der Schönheit des Lebens willen.

Crucifixus

Am Kreuz hing sein gequält Gebeine,
Mit Blut besudelt und geschmäht;
Dann hat die stets jungfräulich reine
Natur das Schreckensbild verweht.

Doch die sich seine Jünger nannten,
Die formten es in Erz und Stein,
Und stellten's in des Tempels Düster
Und in die lichte Flur hinein.

So, jedem reinen Aug ein Schauder,
Ragt es herein in unsre Zeit;
Verewigend den alten Frevel,
Ein Bild der Unversöhnlichkeit.

Am Fenster lehn ich, müd verwacht.
Da ruft es so weithin durch die Nacht. –

Hoch oben hinter Wolkenflug
Hinschwimmt ein Wandervogelzug.

Sie fahren dahin mit hellem Schrei
Hoch unter den Sternen in Lüften frei.

Sie sehn von fern den Frühling blühn,
Wild rauschen sie über die Lande hin.

O Herz, was ist's denn, das Dich hält?
Flieg mit, hoch über der schönen Welt!

Dem wilden Schwarm gesell Dich zu;
Vielleicht siehst auch den Frühling Du!

Dann gib noch einmal aus Herzensdrang
Einen Laut, ein Lied, wie es einstens klang!

Constanze

1

Längst in das sichere Land der Vergangenheit warst du geschieden;
  Nun, wie so viele zuvor, dämmerte wieder ein Tag.
Laut schon sangen die Schwalben; da neben mir krachte das Bettchen,
  Und aus dem rosigen Schlaf hob sich ein Köpfchen empor.
»Ebbe!« so rief ich, »klein Ebbe!« – Da kniete sie schon in den Kissen;
  Aber geheimnisvoll blickten die Augen mich an.
»Ebbe?« frug sie zurück, und leis aus innerstem Herzen
  Klang's wie ein Lachen herauf: »Elschen hieß ich ja sonst!
Wer doch nannte mich Elschen?« Da plötzlich fiel es wie Schatten
  Über das Kindergesicht; trüb sich umflorte das Aug.
»Ja, wer nannte dich so?« – Und zögernd kamen die Worte:
  »Meine Mutter.« Und still senkte das Köpfchen sich nun.
Lange kniete sie so. Den sterblichen Augen unfaßbar –
  War sie dem Kinde genaht, die mich so lange beglückt?

2

Nicht dem Geliebten allein; wie vielen wardst du entrissen!
Glaubten die Freunde doch kaum, ohne dich blühe die Welt. –
Deine geliebten Rosen, nur dreimal blühten sie wieder,
Und deinen Namen wie lang hab ich von keinem gehört.
Rastlos wandert die Zeit, in den Augen der Kinder verdämmert
Mählich dein Bild, und bald – wer noch wüßte von dir!
Denn so schwindet der Menschen Gedächtnis: Siehe, noch einmal,
Höher als je zuvor, hebt es die spiegelnde Flut;
Scheidender Abendstrahl der Sonne verklärt es noch einmal;
Doch wie die Welle verrauscht, nimmt und begräbt es die Nacht.

Es ist ein Flüstern

Es ist ein Flüstern in der Nacht,
Es hat mich ganz um den Schlaf gebracht;
Ich fühl's, es will sich was verkünden
Und kann den Weg nicht zu mir finden.

Sind's Liebesworte, vertrauet dem Wind,
Die unterwegs verwehet sind?
Oder ist's Unheil aus künftigen Tagen,
Das emsig drängt sich anzusagen?

Begrabe nur dein Liebstes!

Begrabe nur dein Liebstes! Dennoch gilt's
Nun weiterleben; – und im Drang des Tages,
Dein Ich behauptend, stehst bald wieder du.

– So jüngst im Kreis der Freunde war es, wo
Hinreißend' Wort zu lauter Rede schwoll;
Und nicht der Stillsten einer war ich selbst.
Der Wein schoß Perlen im kristallnen Glas,
Und in den Schläfen hämmerte das Blut; –
Da plötzlich in dem hellen Tosen hört ich
– Nicht Täuschung war's, doch wunderbar zu sagen –
Aus weiter Ferne hört ich eine Stille;
Und einer Stimme Laut, wie mühsam zu mir ringend,
Sprach todesmüd, doch süß, daß ich erbebte:
»Was lärmst du so, und weißt doch, daß ich schlafe!«

Verloren

Was Holdes liegt mir in dem Sinn,
Das ich vor Zeit einmal besessen;
Ich weiß nicht, wo es kommen hin,
Auch, was es war, ist mir vergessen.
Vielleicht – am fernen Waldesrand,
Wo ich am lichten Junimorgen
– Die Kinder klein und klein die Sorgen –
Mit dir gesessen Hand in Hand,
Indes vom Fels die Quelle tropfte,
Die Amsel schallend schlug im Grund,
Mein Herz in gleichen Schlägen klopfte,
Und glücklich lächelnd schwieg dein Mund;
In grünen Schatten lag der Ort –
Wenn nur der weite Raum nicht trennte,
Wenn ich nur dort hinüberkönnte,
Wer weiß! – vielleicht noch fänd ich's dort.

Nur heute ist, und morgen ist zu spät!
Hast du ein Weib, so nimm sie in den Arm
Und hauch's ihr ein, daß sie es auch versteht.

Fällt auf ihr Antlitz dann des Abgrunds Schein,
Der heut noch oder morgen euch begräbt,
Getrost! nur um so schöner wird sie sein.

Und bebt ihr Herz, dann halte sie so fest,
Daß ihr zusammen in die Tiefe stürzt.
Was wollt ihr mehr! – Und Schweigen ist der Rest.

Frauen-Ritornelle

Blühende Myrte –
Ich hoffte süße Frucht von dir zu pflücken;
Die Blüte fiel; nun seh ich, daß ich irrte.

Schnell welkende Winden –
Die Spur von meinen Kinderfüßen sucht ich
An eurem Zaun, doch konnt ich sie nicht finden.

Muskathyazinthen –
Ihr blühtet einst in Urgroßmutters Garten;
Das war ein Platz, weltfern, weit, weit dahinten.

Dunkle Zypressen –
Die Welt ist gar zu lustig;
Es wird doch alles vergessen.

Über die Heide

Über die Heide hallet mein Schritt;
Dumpf aus der Erde wandert es mit.

Herbst ist gekommen, Frühling ist weit –
Gab es denn einmal selige Zeit?

Brauende Nebel geisten umher;
Schwarz ist das Kraut und der Himmel so leer.

Wär ich hier nur nicht gegangen im Mai!
Leben und Liebe, – wie flog es vorbei!

Geh nicht hinein

Im Flügel oben hinterm Korridor,
Wo es so jählings einsam worden ist,
– Nicht in dem ersten Zimmer, wo man sonst
Ihn finden mochte, in die blasse Hand
Das junge Haupt gestützt, die Augen träumend
Entlang den Wänden streifend, wo im Laub
Von Tropenpflanzen ausgebälgt Getier
Die Flügel spreizte und die Tatzen reckte,
Halb Wunder noch, halb Wissensrätsel ihm,
– Nicht dort; der Stuhl ist leer, die Pflanzen lassen
Verdürstend ihre schönen Blätter hängen;
Staub sinkt herab; – nein, nebenan die Tür,
In jenem hohen dämmrigen Gemach,
– Beklommne Schwüle ist drin eingeschlossen –
Dort hinterm Wandschirm auf dem Bette liegt
Etwas – geh nicht hinein! Es schaut dich fremd
Und furchtbar an.
                    Vor wenig Stunden noch
Auf jenen Kissen lag sein blondes Haupt;

Zwar bleich von Qualen, denn des Lebens Fäden
Zerrissen jäh; doch seine Augen sprachen
Noch zärtlich, und mitunter lächelt' er,
Als säh er noch in goldne Erdenferne.
Da plötzlich losch es aus; er wußt es plötzlich,
– Und ein Entsetzen schrie aus seiner Brust,
Daß ratlos Mitleid, die am Lager saßen,
In Stein verwandelte – er lag am Abgrund;
Bodenlos, ganz ohne Boden. – »Hilf!
Ach Vater, lieber Vater!« Taumelnd schlug
Er um sich mit den Armen; ziellos griffen
In leere Luft die Hände; noch ein Schrei –
Und dann verschwand er.
Dort, wo er gelegen,
Dort hinterm Wandschirm, stumm und einsam liegt
Jetzt etwas; – bleib, geh nicht hinein! Es schaut
Dich fremd und furchtbar an; für viele Tage
Kannst du nicht leben, wenn du es erblickt.
»Und weiter – du, der du ihn liebtest – hast
Nichts weiter du zu sagen?«
Weiter nichts.

Komm, laß uns spielen

Wie bald des Sommers holdes Fest verging!
Rauh weht der Herbst; wird's denn auch Frühling wieder?
Da fällt ein bleicher Sonnenstrahl hernieder –
Komm, laß uns spielen, weißer Schmetterling!

Ach, keine Nelke, keine Rose mehr;
Am Himmel fährt ein kalt Gewölk daher!

Weh, wie so bald des Sommers Lust verging –
O komm! Wo bist du, weißer Schmetterling?

Sturmnacht

Im Hinterhaus, im Fliesensaal
Über Urgroßmutters Tisch' und Bänke,
Über die alten Schatullen und Schränke
Wandelt der zitternde Mondenstrahl.
Vom Wald kommt der Wind
Und fährt an die Scheiben;
Und geschwind, geschwind
Schwatzt er ein Wort,
Und dann wieder fort
Zum Wald über Föhren und Eiben.

Da wird auch das alte verzauberte Holz
Dadrinnen lebendig;
Wie sonst im Walde will es stolz
Die Kronen schütteln unbändig,
Mit den Ästen greifen hinaus in die Nacht,
Mit dem Sturm sich schaukeln in brausender Jagd,
Mit den Blättern in Übermut rauschen,
Beim Tanz im Flug
Durch Wolkenzug
Mit dem Mondlicht silberne Blicke tauschen.

Da müht sich der Lehnstuhl, die Arme zu recken,
Den Rokokofuß will das Kanapee strecken,
In der Kommode die Schubfächer drängen
Und wollen die rostigen Schlösser sprengen;
Der Eichschrank unter dem kleinen Troß
Steht da, ein finsterer Koloß.
Traumhaft regt er die Klauen an,
Ihm zuckt's in der verlornen Krone;
Doch bricht er nicht den schweren Bann. –

Und draußen pfeift ihm der Wind zum Hohne
Und fährt an die Läden und rüttelt mit Macht,
Bläst durch die Ritzen, grunzt und lacht,
Schmeißt die Fledermäuse, die kleinen Gespenster,
Klitschend gegen die rasselnden Fenster.
Die glupen dumm neugierig hinein –
Da drinn' steht voll der Mondenschein.

Aber droben im Haus
Im behaglichen Zimmer
Beim Sturmgebraus
Saßen und schwatzten die Alten noch immer,
Nicht hörend, wie drunten die Saaltür sprang,
Wie ein Klang war erwacht
Aus der einsamen Nacht,
Der schollernd drang
Über Trepp und Gang,
Daß dran in der Kammer die Kinder mit Schrecken
Auffuhren und schlüpften unter die Decken.

Von Katzen

Vergangnen Maitag brachte meine Katze
Zur Welt sechs allerliebste kleine Kätzchen,
Maikätzchen, alle weiß mit schwarzen Schwänzchen.
Fürwahr, es war ein zierlich Wochenbettchen!
Die Köchin aber – Köchinnen sind grausam,
Und Menschlichkeit wächst nicht in einer Küche –
Die wollte von den Sechsen fünf ertränken,
Fünf weiße, schwarzgeschwänzte Maienkätzchen
Ermorden wollte dies verruchte Weib.
Ich half ihr heim! – Der Himmel segne
Mir meine Menschlichkeit! Die lieben Kätzchen,
Sie wuchsen auf und schritten binnen kurzem
Erhobnen Schwanzes über Hof und Herd;

Ja, wie die Köchin auch ingrimmig drein sah,
Sie wuchsen auf, und nachts vor ihrem Fenster
Probierten sie die allerliebsten Stimmchen.
Ich aber, wie ich sie so wachsen sahe,
Ich pries mich selbst und meine Menschlichkeit. –
Ein Jahr ist um, und Katzen sind die Kätzchen,
Und Maitag ist's! – Wie soll ich es beschreiben,
Das Schauspiel, das sich jetzt vor mir entfaltet!
Mein ganzes Haus, vom Keller bis zum Giebel,
Ein jeder Winkel ist ein Wochenbettchen!
Hier liegt das eine, dort das andre Kätzchen,
In Schränken, Körben, unter Tisch und Treppen,
Die Alte gar – nein, es ist unaussprechlich,
Liegt in der Köchin jungfräulichem Bette!
Und jede, jede von den sieben Katzen
Hat sieben, denkt euch! sieben junge Kätzchen,
Maikätzchen, alle weiß mit schwarzen Schwänzchen!
Die Köchin rast, ich kann der blinden Wut
Nicht Schranken setzen dieses Frauenzimmers;
Ersäufen will sie alle neunundvierzig!
Mir selber! ach, mir läuft der Kopf davon –
O Menschlichkeit, wie soll ich dich bewahren!
Was fang ich an mit sechsundfunfzig Katzen! –

In Bulemanns Haus

Es klippt auf den Gassen im Mondenschein;
Das ist die zierliche Kleine,
Die geht auf ihren Pantöffelein
Behend und mutterseelenallein
Durch die Gassen im Mondenscheine.

Sie geht in ein alt verfallenes Haus;
Im Flur ist die Tafel gedecket,
Da tanzt vor dem Monde die Maus mit der Maus,

Da setzt sich das Kind mit den Mäusen zu Schmaus,
Die Tellerlein werden gelecket.

Und leer sind die Schüsseln; die Mäuslein im Nu
Verrascheln in Mauer und Holze;
Nun läßt es dem Mägdlein auch länger nicht Ruh,
Sie schüttelt ihr Kleidchen, sie schnürt sich die Schuh,
Dann tritt sie einher mit Stolze.

Es leuchtet ein Spiegel aus goldnem Gestell,
Da schaut sie hinein mit Lachen;
Gleich schaut auch heraus ein Mägdelein hell,
Das ist ihr einziger Spielgesell;
Nun woll'n sie sich lustig machen.

Sie nickt voll Huld, ihr gehört ja das Reich;
Da neigt sich das Spiegelkindlein,
Da neigt sich das Kind vor dem Spiegel zugleich,
Da neigen sich beide gar anmutreich,
Da lächeln die rosigen Mündlein.

Und wie sie lächeln, so hebt sich der Fuß,
Es rauschen die seidenen Röcklein,
Die Händchen werfen sich Kuß um Kuß,
Das Kind mit dem Kinde nun tanzen muß,
Es tanzen im Nacken die Löcklein.

Der Mond scheint voller und voller herein,
Auf dem Estrich gaukeln die Flimmer:
Im Takte schweben die Mägdelein,
Bald tauchen sie tief in die Schatten hinein,
Bald stehn sie in bläulichem Schimmer.

Nun sinken die Glieder, nun halten sie an
Und atmen aus Herzensgrunde;
Sie nahen sich schüchtern, und beugen sich dann
Und knien vor einander, und rühren sich an
Mit dem zarten unschuldigen Munde.

Doch müde werden die beiden allein
Von all der heimlichen Wonne;
Sehnsüchtig flüstert das Mägdelein:
»Ich mag nicht mehr tanzen im Mondenschein,
Ach, käme doch endlich die Sonne!«

Sie klettert hinunter ein Trepplein schief
Und schleicht hinab in den Garten.
Die Sonne schlief, und die Grille schlief:
»Hier will ich sitzen im Grase tief,
Und der Sonne will ich warten.«

Doch als nun morgens um Busch und Gestein
Verhuschet das Dämmergemunkel,
Da werden dem Kinde die Äugelein klein;
Sie tanzte zu lange bei Mondenschein,
Nun schläft sie bei Sonnengefunkel.

Nun liegt sie zwischen den Blumen dicht
Auf grünem, blitzendem Rasen;
Und es schauen ihr in das süße Gesicht
Die Nachtigall und das Sonnenlicht
Und die kleinen neugierigen Hasen.

Geschwisterblut

1

Sie saßen sich genüber bang
Und sahen sich an in Schmerzen;
O, lägen sie in tiefster Gruft,
Und lägen Herz an Herzen! –

Sie sprach: »Daß wir beisammen sind,
Mein Bruder, will nicht taugen!«

Er sah ihr in die Augen tief:
»O süße Schwesteraugen!«

Sie faßte flehend seine Hand
Und rief: »O denk der Sünde!«
Er sprach: »O süßes Schwesterblut,
Was läufst du so geschwinde!«

Er zog die schmalen Fingerlein
An seinen Mund zur Stelle;
Sie rief: »O, hilf mir, Herre Christ,
Er zieht mich nach der Hölle!«

Der Bruder hielt ihr zu den Mund;
Er rief nach seinen Knappen.
Nun rüsteten sie Reisezeug,
Nun zäumten sie die Rappen.

Er sprach: »Daß ich dein Bruder sei,
Nicht länger will ich's tragen;
Nicht länger will ich drum im Grab
Vater und Mutter verklagen.

Zu lösen vermag der Papst Urban,
Er mag uns lösen und binden!
Und säß er an Sankt Peters Hand,
Den Brautring muß ich finden.«

Er ritt dahin; die Träne rann
Von ihrem Angesichte;
Der Stuhl, wo er gesessen, stand
Im Abendsonnenlichte.

Sie stieg hinab durch Hof und Hall'
Zu der Kapelle Stufen:
»Weh mir, ich hör im Grabe tief
Vater und Mutter rufen!«

Sie stieg hinauf ins Kämmerlein;
Das stand in Dämmernissen.
Ach, nächtens schlug die Nachtigall;
Da saß sie wach im Kissen.

Da fuhr ihr Herz dem Liebsten nach
Allüberall auf Erden;
Sie streckte weit die Arme aus:
»Unselig muß ich werden!«

2

Schon war mit seinem Rosenkranz
Der Sommer fortgezogen;
Es hatte sich die Nachtigall
In weiter Welt verflogen.

Im Erker saß ein blasses Weib
Und schaute auf die Fliesen;
So stille war's: kein Tritt erscholl,
Kein Hornruf über die Wiesen.

Der Abendschein alleine ging
Vergoldend durch die Halle;
Da öffneten die Tore sich
Geräuschlos, ohne Schalle.

Da stand an seiner Schwelle Rand
Ein Mann in Harm gebrochen;
Der sah sie toten Auges an,
Kein Wort hat er gesprochen.

Es lag auf ihren Lidern schwer,
Sie schlug sie auf mit Mühen;
Sie sprang empor, sie schrie so laut,
Wie noch kein Herz geschrieen.

Doch als er sprach: »Es reicht kein Ring
Um Schwester- und Bruderhände!«
Um stürzte sie den Marmortisch
Und schritt an Saales Ende.

Sie warf in seine Arme sich;
Doch war sie bleich zum Sterben.
Er sprach: »So ist die Stunde da,
Daß beide wir verderben.«

Die Schwester von dem Nacken sein
Löste die zarten Hände:
»Wir wollen zu Vater und Mutter gehn;
Da hat das Leid ein Ende.«

Knecht Ruprecht

Von drauß' vom Walde komm ich her;
Ich muß euch sagen, es weihnachtet sehr!
Allüberall auf den Tannenspitzen
Sah ich goldene Lichtlein sitzen;
Und droben aus dem Himmelstor
Sah mit großen Augen das Christkind hervor,
Und wie ich so strolcht' durch den finstern Tann,
Da rief's mich mit heller Stimme an:
»Knecht Ruprecht«, rief es, »alter Gesell,
Hebe die Beine und spute dich schnell!
Die Kerzen fangen zu brennen an,
Das Himmelstor ist aufgetan,
Alt' und Junge sollen nun
Von der Jagd des Lebens einmal ruhn;
Und morgen flieg ich hinab zur Erden,
Denn es soll wieder Weihnachten werden!«
Ich sprach: »O lieber Herre Christ,
Meine Reise fast zu Ende ist;

Ich soll nur noch in diese Stadt,
Wo's eitel gute Kinder hat.«
– »Hast denn das Säcklein auch bei dir?«
Ich sprach: »Das Säcklein, das ist hier:
Denn Äpfel, Nuß und Mandelkern
Fressen fromme Kinder gern.«
– »Hast denn die Rute auch bei dir?«
Ich sprach: »Die Rute, die ist hier;
Doch für die Kinder nur, die schlechten,
Die trifft sie auf den Teil, den rechten.«
Christkindlein sprach: »So ist es recht;
So geh mit Gott, mein treuer Knecht!«
Von drauß' vom Walde komm ich her;
Ich muß euch sagen, es weihnachtet sehr!
Nun sprecht, wie ich's hier innen find!
Sind's gute Kind, sind's böse Kind?

Engel-Ehe

Wie Flederwisch und Bürste sie regiert!
Glas und Gerät, es blitzt nur alles so
Und lacht und lebt! Nur, ach, sie selber nicht.
Ihr schmuck Gesicht, dem Manne ihrer Wahl,
Wenn ihre wirtschaftliche Bahn er kreuzt,
Gleich einer Maske hält sie's ihm entgegen;
Und fragt er gar, so wirft sie ihm das Wort
Als wie dem Hunde einen Knochen zu.
Denn er ist schuld an allem, was sie plagt,
Am Trotz der Mägde, an den großen Wäschen,
Am Tagesmühsal und der Nächte Wachen,
Schuld an dem schmutz'gen Pudel und den Kindern. –
Und er? – Er weiß, wenn kaum der grimme Tod
Sein unverkennbar Mal ihm aufgeprägt,
Dann wird, der doch in jedem Weibe schläft,
Der Engel auch in seinem Weib erwachen;

Ihr eigen Weh bezwingend wird sie dann,
Was aus der Jugend Süßes ihr verblieb,
Heraufbeschwören; leuchten wird es ihm
Aus ihren Augen, lind wie Sommeratem
Wird dann ihr Wort zu seinem Herzen gehn. –
Doch wähnet nicht, daß dies ihn tröste! Nein,
Den künft'gen Engel, greulich haßt er ihn;
Er magert ab, er schlottert im Gebein,
Er wird daran ersticken jedenfalls.
Doch eh ihm ganz die Kehle zugeschnürt,
Muß er sein Weib in Himmelsglorie sehn;
Die Rede, die er brütend ausstudiert,
Womit vor seinem letzten Atemzug,
Jedwedes Wort ein Schwert, auf einen Schlag
Er alles Ungemach ihr hat vergelten wollen,
Er wird sie nimmer halten; Segenstammeln
Wird noch von seinen toten Lippen fliehn.
Das alles weiß er, und es macht ihn toll;
Er geht umher und fluchet innerlich.
Ja, manches Mal im hellsten Sonnenschein
Durchfährt es ihn, als stürz' er in das Grab.
Es war sein Weib, sie sprach ein sanftes Wort;
Und zitternd blickt er auf: »O, Gott sei Dank,
Noch nicht, noch nicht das Engelsangesicht!«

Halbe Arbeit

Leibeigenschaft war nur der Rumpf,
Nur halb erlegte man den Drachen,
Der noch aus dem feudalen Sumpf
Zu uns herüberreckt den Rachen;
Behalten blieb es bessern Tagen,
Das freche Haupt herabzuschlagen.

Beim Pfänderspiel

»A vous, comtesse!« Sie schien es nicht zu hören.
Vom Staube unserer Geselligkeit
War offenbar ihr Geist seit langer Zeit
Entflohn zu höheren Gesellschaftssphären. –
Als sie sich wiederfand bei unsern Spielen,
Stand unverkennbar in den matten Zügen
Das rein aristokratische Vergnügen,
Sich mitten im Plaisir toute déplacée zu fühlen.

Gesegnete Mahlzeit

Sie haben wundervoll diniert;
Warm und behaglich rollt ihr Blut,
Voll Menschenliebe ist ihr Herz,
Sie sind der ganzen Welt so gut.

Sie schütteln zärtlich sich die Hand,
Umwandelnd den geleerten Tisch,

Und wünschen, daß gesegnet sei
Der Wein, der Braten und der Fisch.

Die Geistlichkeit, die Weltlichkeit,
Wie sie so ganz verstehen sich!
Ich glaube, Gott verzeihe mir,
Sie lieben sich herzinniglich.

Nach Reisegesprächen

Vorwärts lieber laß uns schreiten
Durch die deutschen Nebelschichten,
Als auf alten Träumen reiten
Und auf römischen Berichten!
Denn mir ist, als säh ich endlich
Unter uns ein Bild entfalten;
Dunkel erst, doch bald verständlich
Sich erheben die Gestalten;
Hauf an Haufen im Getümmel,
Nun zerrissen, nun zusammen;
An dem grau verhangnen Himmel
Zuckt es wie von tausend Flammen.
Hört ihr, wie die Büchsen knallen?
Wutgeschrei durchfegt die Lüfte;
Und die weißen Nebel wallen,
Und die Brüder stehn und fallen –
Hoher Tag und tiefe Grüfte!

Im Herbste 1850

Und schauen auch von Turm und Tore
Der Feinde Wappen jetzt herab,

Und rissen sie die Trikolore
Mit wüster Faust von Kreuz und Grab;

Und müßten wir nach diesen Tagen
Von Herd und Heimat bettelnd gehn, –
Wir wollen's nicht zu laut beklagen;
Mag, was da muß, mit uns geschehn!

Und wenn wir hülfelos verderben,
Wo keiner unsre Schmerzen kennt,
Wir lassen unsern spätsten Erben
Ein treu besiegelt Testament;

Denn kommen wird das frische Werde,
Das auch bei uns die Nacht besiegt,
Der Tag, wo diese deutsche Erde
Im Ring des großen Reiches liegt.

Ein Wehe nur und eine Schande
Wird bleiben, wenn die Nacht verschwand:
Daß in dem eignen Heimatlande
Der Feind die Bundeshelfer fand;

Daß uns von unsern eignen Brüdern
Der bittre Stoß zum Herzen drang,
Die einst mit deutschen Wiegenliedern
Die Mutter in den Schlummer sang;

Die einst von deutscher Frauen Munde
Der Liebe holden Laut getauscht,
Die in des Vaters Sterbestunde
Mit Schmerz auf deutsches Wort gelauscht.

Nicht viele sind's und leicht zu kennen –
O, haltet ein! Ihr dürft sie nicht
In Mitleid, noch im Zorne nennen,
Nicht in Geschichte, noch Gedicht.

Laß sie, wenn frei die Herzen klopfen,
Vergessen und verschollen sein,
Und mischet nicht die Wermutstropfen
In den bekränzten deutschen Wein!

Ein Epilog

Ich hab es mir zum Trost ersonnen
In dieser Zeit der schweren Not,
In dieser Blütezeit der Schufte,
In dieser Zeit von Salz und Brot.

Ich zage nicht, es muß sich wenden,
Und heiter wird die Welt erstehn,
Es kann der echte Keim des Lebens
Nicht ohne Frucht verloren gehn.

Der Klang von Frühlingsungewittern,
Von dem wir schauernd sind erwacht,
Von dem noch alle Wipfel rauschen,
Er kommt noch einmal, über Nacht!

Und durch den ganzen Himmel rollen
Wird dieser letzte Donnerschlag;
Dann wird es wirklich Frühling werden
Und hoher, heller, goldner Tag.

Heil allen Menschen, die es hören!
Und Heil dem Dichter, der dann lebt
Und aus dem offnen Schacht des Lebens
Den Edelstein der Dichtung hebt!

1. Januar 1851

Sie halten Siegesfest, sie ziehn die Stadt entlang;
Sie meinen, Schleswig-Holstein zu begraben.

Brich nicht, mein Herz! Noch sollst du Freude haben;
Wir haben Kinder noch, wir haben Knaben,
Und auch wir selber leben, Gott sei Dank!

Gräber an der Küste

Mit Kränzen haben wir das Grab geschmückt,
Die stille Wiege unsrer jungen Toten;
Den grünsten Efeu haben wir gepflückt,
Die spätsten Astern, die das Jahr geboten.

Hier ruhn sie waffenlos in ihrer Gruft,
Die man hinaustrug aus dem Pulverdampfe;
Vom Strand herüber weht der Meeresduft,
Die Schläfer kühlend nach dem heißen Kampfe.

Es steigt die Flut; vom Ring des Deiches her
Im Abendschein entbrennt der Wasserspiegel;
Ihr schlafet schön! Das heimatliche Meer
Wirft seinen Glanz auf euren dunklen Hügel.

Und rissen sie die Farben auch herab,
Für die so jung ihr ginget zu den Bleichen,
O, schlafet ruhig! Denn von Grab zu Grab
Wehn um euch her der Feinde Wappenzeichen.

Nicht euch zum Ruhme sind sie aufgesteckt;
Doch künden sie, daß eure Kugeln trafen,
Daß, als ihr euch zur ew'gen Ruh gestreckt,
Den Feind ihr zwanget, neben euch zu schlafen.

Ihr aber, denen ohne Trommelschlag
Durch Feindeshand bereitet ward der Rasen,
Hört dieses Lied! und harret auf den Tag,
Daß unsre Reiter hier Reveille blasen! –

Doch sollte dieser heiße Lebensstreit
Verloren gehn wie euer Blut im Sande,
Und nur im Reiche der Vergangenheit
Der Name leben dieser schönen Lande:

In diesem Grabe, wenn das Schwert zerbricht,
Liegt deutsche Ehre fleckenlos gebettet!
Beschützen konntet ihr die Heimat nicht,
Doch habt ihr sterbend sie vor Schmach gerettet.

Nun ruht ihr, wie im Mutterschoß das Kind,
Und schlafet aus auf heimatlichem Kissen;
Wir andern aber, die wir übrig sind,
Wo werden wir im Elend sterben müssen!

Schon hatten wir zu festlichem Empfang
Mit Kränzen in der Hand das Haus verlassen;
Wir standen harrend ganze Nächte lang,
Doch nur die Toten zogen durch die Gassen. –

So nehmet denn, ihr Schläfer dieser Gruft,
Die spätsten Blumen, die das Jahr geboten!
Schon fällt das Laub im letzten Sonnenduft –
Auch dieses Sommers Kranz gehört den Toten.

Abschied

Kein Wort, auch nicht das kleinste, kann ich sagen,
Wozu das Herz den vollen Schlag verwehrt;
Die Stunde drängt, gerüstet steht der Wagen,
Es ist die Fahrt der Heimat abgekehrt.

Geht immerhin – denn eure Tat ist euer –
Und widerruft, was einst das Herz gebot;
Und kauft, wenn dieser Preis euch nicht zu teuer,
Dafür euch in der Heimat euer Brot!

Ich aber kann des Landes nicht, des eignen,
In Schmerz verstummte Klagen mißverstehn;
Ich kann die stillen Gräber nicht verleugnen,
Wie tief sie jetzt in Unkraut auch vergehn. –

Du, deren zarte Augen mich befragen, –
Der dich mir gab, gesegnet sei der Tag!
Laß nur dein Herz an meinem Herzen schlagen,
Und zage nicht! Es ist derselbe Schlag.

Es strömt die Luft – die Knaben stehn und lauschen,
Vom Strand herüber dringt ein Möwenschrei;
Das ist die Flut! Das ist des Meeres Rauschen!
Ihr kennt es wohl; wir waren oft dabei.

Von meinem Arm in dieser letzten Stunde
Blickt einmal noch ins weite Land hinaus,
Und merkt es wohl, es steht auf diesem Grunde,
Wo wir auch weilen, unser Vaterhaus.

Wir scheiden jetzt, bis dieser Zeit Beschwerde
Ein andrer Tag, ein besserer, gesühnt;
Denn Raum ist auf der heimatlichen Erde
Für Fremde nur und was den Fremden dient.

Doch ist's das flehendste von den Gebeten,
Ihr mögt dereinst, wenn mir es nicht vergönnt,
Mit festem Fuß auf diese Scholle treten,
Von der sich jetzt mein heißes Auge trennt! –

Und du, mein Kind, mein jüngstes, dessen Wiege
Auch noch auf diesem teuren Boden stand,

Hör mich! – denn alles andere ist Lüge –
Kein Mann gedeihet ohne Vaterland!

Kannst du den Sinn, den diese Worte führen,
Mit deiner Kinderseele nicht verstehn,
So soll es wie ein Schauer dich berühren
Und wie ein Pulsschlag in dein Leben gehn!

Gräber in Schleswig

Nicht Kranz, noch Kreuz; das Unkraut wuchert tief;
Denn die der Tod bei Idstedt einst entboten,
Hier schlafen sie, und deutsche Ehre schlief
Hier dreizehn Jahre lang bei diesen Toten.

Und dreizehn Jahre litten jung und alt,
Was leben blieb, des kleinen Feindes Tücken,
Und konnten nichts, als, stumm die Faust geballt,
Den Schrei des Zorns in ihrer Brust ersticken.

Die Schmach ist aus; der ehrne Würfel fällt!
Jetzt oder nie! Erfüllet sind die Zeiten,
Des Dänenkönigs Totenglocke gellt;
Mir klinget es wie Osterglockenläuten!

Die Erde dröhnt; von Deutschland weht es her,
Mir ist, ich hör ein Lied im Winde klingen,
Es kommt heran schon wie ein brausend Meer,
Um endlich alle Schande zu verschlingen! – –

Törichter Traum! – Es klingt kein deutsches Lied,
Kein Vorwärts schallt von deutschen Bataillonen;
Wohl dröhnt der Grund, wohl naht es Glied an Glied;
Doch sind's die Reiter dänischer Schwadronen.

Sie kommen nicht. Das Londoner Papier,
Es wiegt zu schwer, sie wagen's nicht zu heben.
Die Stunde drängt. So helft, ihr Toten hier!
Ich rufe euch und hoffe nichts vom Leben.

Wacht auf, ihr Reiter! Schüttelt ab den Sand,
Besteigt noch einmal die gestürzten Renner!
Blast, blast, ihr Jäger. Für das Vaterland
Noch einen Strauß! Wir brauchen Männer, Männer!

Tambour, hervor aus deinem schwarzen Schrein!
Noch einmal gilt's, das Trommelfell zu schlagen;
Soll euer Grab in deutscher Erde sein,
So müßt ihr noch ein zweites Leben wagen! –

Ich ruf umsonst! ihr ruht auf ewig aus;
Ihr wurdet eine duldsame Gemeinde.
Ich aber schrei es in die Welt hinaus:
Die deutschen Gräber sind ein Spott der Feinde!

Und haben wir unser Herzoglein
Nur erst im Lande drinnen,
Dann wird, mir kribbelt schon die Faust,
Ein ander Stück beginnen.

Der Junker muß lernen den schweren Satz,
Daß der Adel in unsern Zeiten
Zwar allenfalls ein Privatpläsier,
Doch sonst nichts hat zu bedeuten.

Insonders lerne Hinz und Kunz
– Und das ist ein Stück, ein hartes, –
Daß diese hochhinschauenden Herrn
Sind keineswegs was Apartes.

Denn lernen Hinz und Kunz das nicht,
So wird's beim alten bleiben;
Nur wenn kein Mensch daran mehr glaubt,
Läßt sich der Spuk vertreiben.

Es gibt eine Sorte

Es gibt eine Sorte im deutschen Volk,
Die wollen zum Volk nicht gehören;
Sie sind auch nur die Tropfen Gift,
Die uns im Blute gären.

Und weil der lebenskräftige Leib
Sie auszuscheiden trachtet,
So hassen sie nach Vermögen ihn
Und hätten ihn gern verachtet.

Und was für Zeichen am Himmel stehn,
Licht oder Wetterwolke,
Sie gehen mit dem Pöbel zwar,
Doch nimmer mit dem Volke.

1864

Ein Raunen erst und dann ein Reden;
Von allen Seiten kam's herbei,
Des Volkes Mund ward laut und lauter,
Die Luft schlug Wellen von Geschrei.

Und die sich stets entgegenstemmen
Dem Geist, der größer ist als sie,
Sie waren in den Kampf gerissen
Und wußten selber kaum noch wie.

Sie standen an den deutschen Marken
Dem Feind entgegen unverwandt,
Und waren, eh sie es bedachten,
Das Schwert in ihres Volkes Hand.

Welt-Lauf

Wer der Gewalt genüber steht
In Sorgen für der Liebsten Leben,
Der wird zuletzt von seinem Ich
Ein Teil und noch ein Teilchen geben.
Und dürstet er nach reinster Luft,
Er wird zuletzt ein halber Schuft.

Zur Taufe

Ein Gutachten

Bedenk es wohl, eh du sie taufst!
Bedeutsam sind die Namen;
Und fasse mir dein liebes Bild
Nun in den rechten Rahmen.
Denn ob der Nam den Menschen macht,
Ob sich der Mensch den Namen,
Das ist, weshalb mir oft, mein Freund,
Bescheidne Zweifel kamen;
Eins aber weiß ich ganz gewiß:
Bedeutsam sind die Namen!
So schickt für Mädchen Lisbeth sich,
Elisabeth für Damen;
Auch fing sich oft ein Freier schon,
Dem Fischlein gleich am Hamen,
An einem ambraduftigen,
Klanghaften Mädchennamen.

Stoßseufzer

Am Weihnachtsonntag kam er zu mir,
In Jack und Schurzfell, und roch nach Bier
Und sprach zwei Stunden zu meiner Qual
Von Zinsen und von Kapital;
Ein Kerl, vor dem mich Gott bewahr!
Hat keinen Festtag im ganzen Jahr.

Zwischenreich

Meine ausgelaßne Kleine,
Ach, ich kenne sie nicht mehr;
Nur mit Tanten und Pastoren
Hat das liebe Herz Verkehr.

Jene süße Himmelsdemut,
Die der Sünder Hoffart schilt,
Hat das ganze Schelmenantlitz
Wie mit grauem Flor verhüllt.

Ja, die brennend roten Lippen
Predigen Entsagung euch;
Diese gar zu schwarzen Augen
Schmachten nach dem Himmelreich.

Auf die Tiziansche Venus
Ist ein Heil'genbild gemalt;
Ach, ich kenne sie nicht wieder,
Die so schön mit uns gedahlt.

Nirgends mehr für blaue Märchen
Ist ein einzig Plätzchen leer;
Nur Traktätlein und Asketen
Liegen haufenweis umher.

Wahrlich, zum Verzweifeln wär es –
Aber, Schatz, wir wissen schon,
Deinen ganzen Götzenplunder
Wirft ein einz'ger Mann vom Thron.

Für meine Söhne

Hehle nimmer mit der Wahrheit!
Bringt sie Leid, nicht bringt sie Reue;

Doch, weil Wahrheit eine Perle,
Wirf sie auch nicht vor die Säue.

Blüte edelsten Gemütes
Ist die Rücksicht; doch zu Zeiten
Sind erfrischend wie Gewitter
Goldne Rücksichtslosigkeiten.

Wackrer heimatlicher Grobheit
Setze deine Stirn entgegen;
Artigen Leutseligkeiten
Gehe schweigend aus den Wegen.

Wo zum Weib du nicht die Tochter
Wagen würdest zu begehren,
Halte dich zu wert, um gastlich
In dem Hause zu verkehren.

Was du immer kannst, zu werden,
Arbeit scheue nicht und Wachen;
Aber hüte deine Seele
Vor dem Karrieremachen.

Wenn der Pöbel aller Sorte
Tanzet um die goldnen Kälber,
Halte fest: du hast vom Leben
Doch am Ende nur dich selber.

Sprüche

1

Der eine fragt: Was kommt danach?
Der andre fragt nur: Ist es recht?
Und also unterscheidet sich
Der Freie von dem Knecht.

2

Vom Unglück erst
Zieh ab die Schuld;
Was übrig ist,
Trag in Geduld!

Der Zweifel

Der Glaube ist zum Ruhen gut,
Doch bringt er nicht von der Stelle;
Der Zweifel in ehrlicher Männerfaust,
Der sprengt die Pforten der Hölle.

Wir können auch die Trompete blasen
Und schmettern weithin durch das Land;
Doch schreiten wir lieber in Maientagen,
Wenn die Primeln blühn und die Drosseln schlagen,
Still sinnend an das Baches Rand.

Der Lump

Und bin ich auch ein rechter Lump,
So bin ich dessen unverlegen;
Ein frech Gemüt, ein fromm Gesicht,
Herzbruder, sind ein wahrer Segen!

Links nehm von Christi Mantel ich
Ein Zipfelchen, daß es mir diene,
Und rechts – du glaubst nicht, wie das deckt –
Rechts von des Königs Hermeline.

Der Beamte

Er reibt sich die Hände: »Wir kriegen's jetzt!
Auch der frechste Bursche spüret
Schon bis hinab in die Fingerspitz,
Daß von oben er wird regieret.

Bei jeder Geburt ist künftig sofort
Der Antrag zu formulieren,
Daß die hohe Behörde dem lieben Kind
Gestatte zu existieren!«

An Klaus Groth

Wenn't Abend ward,
Un still de Welt un still dat Hart;
Wenn möd up't Knee di liggt de Hand,
Un ut din Husklock an de Wand
Du hörst den Parpendikelslag,
De nich to Woort keem över Dag;
Wenn't Schummern in de Ecken liggt,
Un buten all de Nachtswulk flüggt;
Wenn denn noch eenmal kiekt de Sünn
Mit golden Schiin to't Finster rin,
Un, ehr de Slap kümmt un de Nacht,
Noch eenmal allens lävt un lacht, –
Dat is so wat vör't Minschenhart,
Wenn't Abend ward.

Spruch des Alters

1

Vergessen und Vergessenwerden! –
Wer lange lebt auf Erden,

Der hat wohl diese beiden
Zu lernen und zu leiden.

2

Dein jung Genoß in Pflichten
Nach dir den Schritt tät richten.

Da kam ein andrer junger Schritt,
Nahm deinen jung Genossen mit.

Sie wandern nach dem Glücke,
Sie schaun nicht mehr zurücke.

An Agnes Preller

Als ich abends einen Rosenstrauß auf meinem Zimmer fand

Die Tage sind gezählt, vorüber bald
Ist alles, was das Leben einst versüßt;
Was will ich mehr, als daß vorm Schlafengehn
Die Jugend mich mit frischen Rosen grüßt!

Friedlos bist du, mein armer Sohn,
Und auch friedlos bin ich durch dich.
Wären wir, wo deine Mutter ist,
Wir wären geborgen, du und ich.

Sie legte wohl um ihr verirrtes Kind,
– Wenn die Toten nicht Schatten bloß –
Schützend und warm ihren Mutterarm
Und nähme dein Haupt in den Schoß.

Die Liebe
Welch lieblicher Dunst;
Doch in der Ehe
Da steckt die Kunst.

Lyrische Form

Poeta laureatus:
Es sei die Form ein Goldgefäß,
In das man goldnen Inhalt gießt!

Ein anderer:
Die Form ist nichts als der Kontur,
Der den lebend'gen Leib beschließt.

An Wilhelm Jensen

Es ist der Wind der alte Heimatslaut,
Nach dem das Kind mit großen Augen schaut,

Bei dem es einschläft, wenn er weiter summt,
Der es erweckt, wenn jählings er verstummt;

Bei dessen Schauern Baum und Strauch erbebt
Und tiefer in den Grund die Wurzeln gräbt –

Was bist du anders denn, als Baum und Strauch?
Du keimst, du blühst und du verwelkest auch!

Ein Leichenstein

darauf der Tod mit stark gezahnten Kiefern

Dat is de Dod, de allens fritt,
Nimmt Kunst un Wetenschop di mit;
De kloke Mann is nu vergahn –
Gott gäw' em selig Uperstahn!

In schwerer Krankheit

Nun schließ auch du die Augen zu,
Geh Phantasie und Herz zur Ruh!
Ein Licht lischt nach dem andern aus –
Hier stand vordem ein Schauspielhaus.

Zur Lyriktheorie

Aus Rezensionen und Vorreden

Besprechung von M. A. Niendorfs »Liedern der Liebe«

[...] Die eigentliche Aufgabe des lyrischen Dichters besteht aber unsrer Ansicht nach darin, eine Seelenstimmung derart im Gedichte festzuhalten, daß sie durch dasselbe bei dem empfänglichen Leser reproduziert wird, wobei freilich der Wert und die Wirkung des Gedichtes davon abhängen wird, daß sich die individuellste Darstellung mit dem allgemeingültigsten Inhalt zusammenfinde. Die besten lyrischen Gedichte sind daher auch immer unmittelbar aus der vom Leben gegebenen Situation heraus geschrieben worden; die höchste Gefühlserregung wird, wie das jeder schon im täglichen Leben an sich erfahren mag, auch immer den schlagendsten Ausdruck finden; und wenn Goethe einmal den Ausspruch getan, es müsse der Dichter sich den Stoff durch die Zeit erst in eine gewisse Ferne rücken lassen, ehe er an die Behandlung desselben gehe, so sind doch gerade seine Lieder von unsterblichster Wirkung nachweislich unter der Herrschaft des Momentes entstanden, worüber der vor einigen Jahren herausgegebene Briefwechsel mit der Frau von Stein die mannigfachsten und interessantesten Aufklärungen enthält. [...]

Es beruht daher auch das willkürliche und massenhafte Produzieren lyrischer Gedichte, das eigentliche Machen und Ausgehen auf derartige Produktionen auf einem gänzlichen Verkennen des Wesens der lyrischen Dichtkunst; denn bei einem lyrischen Gedichte muß nicht allein, wie im übrigen in der Poesie, das Leben, nein, es muß geradezu das Erlebnis das Fundament desselben bilden. Den echten Lyriker wird sein Gefühl, wenn es das höchste Maß von Fülle und Tiefe erreicht hat, von selbst zur Produktion nötigen, dann aber auch wie mit Herzblut alle einzelnen Teile des Gedichtes durchströmen. Eine Folge hiervon und zugleich

ein Beweis für unsre Ansicht ist es, daß selbst unsre besten Lyriker, wie Günther, Hölty, Goethe, Claudius, Uhland nur wenige Lieder geschaffen haben, welche die seit ihrem Erscheinen verflossene Zeit überdauerten.
So wie mit den lyrischen Gedichten im allgemeinen, so ist es im besonderen mit den Liebesliedern. Es kommt nicht darauf an, geistreiche Gedanken über die Liebe in Versen vorzutragen, wie dies z. B. in Geibels »Minnelied«, freilich in schönster Weise, geschieht; denn hier entsteht schon ein Mittelding zwischen lyrischer und didaktischer Poesie; das echte Liebeslied soll vielmehr in seinen Versen die Atmosphäre der Liebe einfangen, daß es uns beim Lesen mit unwiderstehlicher Gewalt der Ahnung oder Erinnerung überkommt. [...]

Anzeige der Lieder von Julius von Rodenberg

Erst in neuerer Zeit hat die Kritik mit einer tieferen Auffassung der Form in der Poesie begonnen. Die sogenannte »schöne Form«, deren Wesen man in den rhythmischen und musikalischen Wohllaut des Verses setzte, ohne dabei ein notwendiges Verhältnis derselben zum Inhalt zu verlangen, fängt allmählich an, im Preise zu sinken; und man will jetzt unter Form vielmehr nur die Art und Weise verstanden wissen, in welcher der eigentümliche Gehalt eines Stoffes zum poetischen Ausdruck gebracht wird. Formvollendung in diesem Sinne, welche ihrer Natur nach schon einen künstlerischen Stoff und ein intimes Verhältnis des Dichters zu demselben voraussetzt, ist daher recht eigentlich Sache des Talentes; während jede Handhabung der Form, welche zu dem Stoffe selber in kein Verhältnis tritt und ihm daher auch nicht zum Ausdruck verhelfen kann, wenn auch nicht von vornherein und durchweg der Routine angehört, so doch wenigstens geradeswegs dahin führt. Geibels poetische Entwicklung, der in der deutschen Literatur recht eigentlich der Dichter der schönen Form ist und in dieser Richtung das Mögliche und ohne Zweifel höchst Anerkennungswertes geleistet hat, bietet hierfür die reichlichsten Belege. [...] Wie schon oft gesagt, die »schöne Form« ist ein Gefäß, womöglich ein goldenes, bereit, den mannigfachsten beliebigen Inhalt zu empfangen; die poetische Form in unserm Sinne sind nur die Konturen, welche den Körper vom leeren Raume scheiden. [...]

Vorrede zum »Hausbuch aus deutschen Dichtern«[1]

Das vorliegende Buch ist eine Rekapitulation aus einer mehr als dreißigjährigen Lebenserfahrung; zunächst dem Wunsche entsprungen, für mich und die Meinigen aus den neueren deutschen Dichtungen geringeren Umfangs das zusammenzustellen, was daraus während jenes langen Zeitraumes meine besondere Teilnahme erregt hat und derart in mir haften geblieben ist, daß ich je zuweilen dahin zurückgekehrt bin.

Es ist dies nicht immer das Schöne, sondern ebensosehr das Charakteristische, das Häßliche nicht ausgeschlossen, wo es sich, wie z. B. in Hebbels übrigens auch durch eine mächtige Naturstimmung getragenen »Heideknaben«, durch

1 Wenn Sie, geehrter Herr, über meine Lyrik sprechen wollen, so halte ich es für notwendig, daß Sie die *Vorrede* zu meinem Hausbuch aus deutsch. Dichtern (4. Aufl. Westermann 1878), welche von meinem verstorbenen Freunde Mörike mit besonderer Zustimmung begrüßt wurde, wie auch von Heyse, Kuh u. a. sich vorher ansehen. Mein poetisches Glaubensbekenntnis ist darin niedergelegt. Das Buch selbst ist aus der Erkenntnis hervorgegangen, daß zwar ein lyrisches Gedicht, das diesen Namen verdient, etwas Seltenes, daß aber die Urteilsfähigkeit in pcto lyrischer Poesie noch seltener ist, daß alle Anthologien, soweit ich sie kannte, mindestens zu 3/4 mit jenen mittelmäßigen Sachen vollgestopft waren, die nicht zu leben fähig noch berechtigt und für die Bildung einer richtigen Erkenntnis viel schädlicher sind als der ausgemachte Schund. (Aus einem Brief Storms an Gustav Hoerter, vom 1. April 1878. In: Deutsche Allgemeine Zeitung, 29. 6. 1942, S. 3 »Ein unbekannter Bekenntnisbrief Storms. Mitgeteilt von Curt Corrinth«.)

lebendige Gestaltung ein Recht zur Existenz erworben hat; es ist zwischenein auch wohl das Hausbackene, sofern darin ein warmes Stück Menschenleben und dann gelegentlich und wie von selbst auch ein Stück Poesie zum Vorschein kommt, wie das in einzelnen Idyllen von Voß und in den Gedichten des alten Pastors von Werneuchen der Fall ist, für welchen letzteren ich eine gewisse heimliche Liebe nicht sowohl trotz, sondern vielmehr urkundlich jener anmutigen Parodie mit unserm Altmeister Goethe zu teilen glaube; – es ist ferner, wenn auch vorzugsweise, so doch nicht allein das in der Ausführung Makellose, sondern auch das, wo die zwingende Gewalt des Ganzen die einzelnen Mängel derselben vergessen läßt; endlich sind es nicht gerade die Behandlungen großer Stoffe, zumal nicht jene aus mythologischen, historischen oder ethnographischen Studien zusammengearbeiteten Dichtungen, in denen wir zwar die Größe des Wollens – auch wohl des Anspruchs – nicht verkennen können, die aber wegen der unzulänglichen Zeugungskraft ihrer Verfasser dennoch totgeborene Dinge bleiben, sondern es sind lieber solche, in denen der wenn auch weniger große Stoff »mit urkräftigem Behagen« zur Erscheinung kommt. – Da das Buch einen rein kritischen Standpunkt einnimmt, so waren von vornherein alle Gedichte ausgeschlossen, welche die Bedeutung, die ihnen etwa zuzugestehen ist, nicht in, sondern neben sich haben; somit alle, welche nur in bezug auf die Entwicklung unsrer Literatur oder als Illustrationen, sei es zur allgemeinen Geschichte oder zu der Biographie ihrer Verfasser, eine solche in Anspruch nehmen können.

Die Phrase wird hoffentlich in diesem Buche keine Stätte gefunden haben; mindestens im wesentlichen nicht, wie ich vorsichtshalber hinzusetzen möchte; denn was wäre durchweg frei von dieser weltbeherrschenden Krankheit!

Fragt man nun aber, woher bei der Flut von Anthologien auch noch diese sich das Recht nimmt, in die Welt zu treten, so erwidere ich folgendes:

Obgleich sich niemand davon freisprechen dürfte, daß er

nicht einmal vorübergehend oder im einzelnen auch dem Unberechtigten einen Platz eingeräumt hätte, so scheint mir doch in fast allen Anthologien, soweit sie mir vor Augen gekommen sind, die Mittelmäßigkeit einen unverhältnismäßigen Raum einzunehmen. Zwar ist in der Poesie – vielleicht in jeder Kunst – die Fähigkeit des Urteilens kaum weniger selten als die des Schaffens; allein auch wo die Auswahl voraussetzlich von nicht unbefugter Hand herrührt, pflegt es damit nicht besser zu stehen. – Die Ursache hiervon dürfte, abgesehen von einem Streben nach äußerer Vollständigkeit, zum Teil in der Macht des Erfolges zu suchen sein.

Jede Literaturepoche wird bekanntlich von einer Schar von Anempfindern und Nachahmern begleitet, welche, solange dieselbe dauert, gleich den Grillen im Sommer nach Kräften in dem großen Konzerte mitsingen, um dann mit ihrem Ende spurlos zu verschwinden. Ebenso ist es aber eine gleicherweise alte und neue Erfahrung, daß manche dieser Mitsänger, während ihr Sommer dauert, ein Publikum, ja oft ein größeres als die echten Sangesmeister, finden und so ihre vorübergehende Existenz durch eine Reihe von Auflagen zu dokumentieren vermögen. – Von diesem Punkte scheint mir der mechanische Druck auszugehen, durch welchen, zum nicht geringen Verderb, grade die am meisten in den Familien eingebürgerten Sammlungen mit jenen farblosen Versifikationen angefüllt sind, von denen aus jedem mäßigen Gefühl ein Dutzend gemünzt werden könnte, gegen die sich aber freilich nichts einwenden läßt, als daß sie eben nichts bedeuten! – Dem entgegenzutreten soll dieses Buch einen Versuch machen.

Die Sammlung beginnt mit Claudius, der in einer Zeit, wo sowohl die poetische als die musikalische Lyrik in Deutschland sich in konventionelle Tee- und Kaffeeliedchen verloren hatte, zuerst den unmittelbaren Ausdruck der Empfindung, namentlich, und bis jetzt kaum übertroffen, der Naturempfindung wiederfand; der, bevor ein solcher Ton von Goethe laut geworden, sein Neujahrslied anhub:

Es war noch frühe Dämmerung
Mit leisem Tagverkünden,
Und nur noch eben hell genung,
Sich durch den Wald zu finden;
Der Morgenstern stand linker Hand,
Ich aber ging und dachte
Im Eichtal an mein Vaterland,
Dem er ein Neujahr brachte.

und sein von Naturgefühl getränktes keusches »Wiegenlied beim Mondschein« gedichtet hatte, das dieses Buch der Vergessenheit zu entreißen sucht.

Zur näheren Verdeutlichung des Gesichtspunktes, von welchem aus die vorliegende Sammlung entstanden ist, sei es mir verstattet, noch einige Bemerkungen vorauszuschikken.

Wie ich in der Musik hören und empfinden, in den bildenden Künsten schauen und empfinden will, so will ich in der Poesie womöglich alles drei zugleich.

Von einem Kunstwerk will ich, wie vom Leben, unmittelbar und nicht erst durch die Vermittlung des Denkens berührt werden; am vollendetsten erscheint mir daher das Gedicht, dessen Wirkung zunächst eine sinnliche ist, aus der sich dann die geistige von selbst ergibt, wie aus der Blüte die Frucht. – Der bedeutendste Gedankengehalt aber, und sei er in den wohlgebautesten Versen eingeschlossen, hat in der Poesie keine Berechtigung und wird als toter Schatz am Wege liegen bleiben, wenn er nicht zuvor durch das Gemüt und die Phantasie des Dichters seinen Weg genommen und dort Wärme und Farbe und womöglich körperliche Gestalt gewonnen hat. – An solchen toten Schätzen sind wir überreich.

Die Lyrik insbesondere anlangend, so ist nach meiner Kenntnis unserer Literatur die Kunst, »zu sagen, wie ich leide«, nur wenigen, und selbst den Meistern nur in seltenen Augenblicken gegeben. Der Grund ist leicht erkennbar.

Nicht allein, daß die Forderung, den Gehalt in knappe und

zutreffende Worte auszuprägen, hier besonders scharf hervortritt, da bei dem geringen Umfange schon *ein* falscher oder pulsloser Ausdruck die Wirkung des Ganzen zerstören kann; diese Worte müssen auch durch die rhythmische Bewegung und die Klangfarbe des Verses gleichsam in Musik gesetzt und solcherweise wieder in die Empfindung aufgelöst sein, aus der sie entsprungen sind; in seiner Wirkung soll das lyrische Gedicht dem Leser – man gestatte den Ausdruck – zugleich eine Offenbarung und Erlösung oder mindestens eine Genugtuung gewähren, die er sich selbst nicht hätte geben können, sei es nun, daß es unsre Anschauung und Empfindung in ungeahnter Weise erweitert und in die Tiefe führt oder, was halb bewußt in Duft und Dämmer in uns lag, in überraschender Klarheit erscheinen läßt.
Am ärmsten scheint mir unsre patriotische und sogenannte politische Lyrik. So unzweifelhaft es ist, daß das Leben in Staat und Gemeinde ein ebenso berechtigter Gegenstand für die menschliche Empfindung und daher für die Lyrik ist als das Einzel- oder Familienleben, so ist es hier, wie in der Natur dieser poesis militans liegt, doch weit seltener gelungen, den Stoff von dem Boden der bloßen Wirklichkeit abzulösen und andrerseits sich nicht an rhetorischer Phrase und Bildermacherei genügen zu lassen. So kommt, um Beispiele anzuführen, Uhlands »Wenn heut ein Geist herniederstiege« – abgesehen von dem selten schönen Anfang und Ende – kaum über eine poetisch gefärbte Kammerrede hinaus; so ist neuerdings von den vielen Gedichten für meine Heimat Schleswig-Holstein auch nicht eins zu einer irgend in Betracht kommenden Innerlichkeit gelangt.
Wenn wir auch, was Dingelstedt in bezug auf die Zeit nach Uhland, Rückert und Heine in seiner Gedichtsammlung von 1858 ausgesprochen,

Die Lyrik, unser alter Stolz und Halt,
Wird nicht mehr jung, die jüngste niemals alt.

nicht mögen gelten lassen, sondern sogar durch diese Sammlung zu widerlegen hoffen, so ist doch nichts unrichtiger als die von A. Meißner aufgestellte Parallele:

Im Gartenteich wird nie ein Schiffer scheitern,
Im kleinen Liede kein Poet erliegen.

Denn gilt es dabei auch nicht einen Berg zu versetzen, so gilt es doch eine Perle zu finden, und nur wenige Muscheln haben Perlen.
Heine sagt sehr richtig: »Ein Lied ist das Kriterium der Ursprünglichkeit.« Die meisten unserer sogenannten Dichter aber sind ihrem eigentlichen Wesen nach Rhetoriker mit mehr oder minder poetischem Anstrich und der lyrischen Kunst so gut wie ganz unmächtig. – [. . .]

Aus Briefen

An Hartmuth Brinkmann, 28. März 1852

[...] Ich nehme unser früheres Thema auf. Ich habe gesagt, der Inhalt liege in den Worten, die Seele dazwischen. Ich will dies etwas näher besprechen, so werden wir uns wohl über Platen vereinigen. – Von der lyrischen (auch von der dramatischen) Poesie kann man sagen, sie soll Naturlaut in künstlerischer Form sein. Ich will hier nur von der Lyrik sprechen und von der Form im einzelnen der Ausführung; daher nicht von der Anlage des Ganzen usw., obgleich dies allerdings auch zur Form gehört. Diese Form im einzelnen der Ausführung (ich weiß sie für den Augenblick nicht besser zu bezeichnen) ist das, was bei Kritiken gewöhnlich den ersten Gegenstand der Besprechung bildet, und die Schönheit und Korrektheit dieser Form ist von Platen vorzüglich hervorgehoben und hat vor allem die Philologen entzückt. Allein, und ich möchte dies nachdrücklich in die Kritik einführen, auch diese Form ist eine doppelte, eine gröbere prosodische und eine feinere geistige, die ganz ungreifbar ist. Die erstere besteht in der eigentlichen Korrektheit des Versbaues und allenfalls in der Harmonie desselben mit der dem Inhalt nach angemessenen Satzbildung, die zweite läßt sich am besten nach ihrer Wirkung beschreiben und besteht darin, daß der Dichter durch sie die Bewegung seines Herzens in frischer Unmittelbarkeit dem Leser mitteilt. Dies geschieht nämlich nicht allein, obgleich auch, durch den Sinn der Worte, sondern zum großen Teil durch ihren Klang und durch das angemessene Verhältnis und Auf- und Nacheinanderfolgen von ein- oder mehrsilbigen Worten, von mehr oder weniger flüchtigen Längen, durch den richtigen Gebrauch der Assonanz und Alliteration im Verse, ja, es kann auch ohne dieselbe die Schönheit des Verses erst ans Licht kommen, wenn in eine einzelne Silbe die gehörigen Konsonanten oder der gerade hier klingende Vokal hineinkommt. Ich wollte mir unternehmen, dies alles mit Beispielen zu belegen. Diese zweite Form ist Sache des Gefühls, vielleicht darf ich sagen des Genies, die erste des Verstandes. In der letzteren ist Platen Meister, obgleich ihm die andere keineswegs abgeht; in der ersten Heine, und, was mehr anerkannt werden sollte, auch Schiller. An einem seiner Verse kannst Du schon alles beweisen, was ich hier gesagt:

Aus den Wolken muß es fallen,
Aus der Götter Schoß das Glück!

Diese letztere Form hat man richtig *Seele* genannt; Herder zu seinen Volksliedern nennt es die *Weise*, und geht so weit, sie beim Liede über den Sinn und Inhalt zu setzen; er meint, wenn sich beim Volksliede erst die richtige Weise gefunden, so werden sich nach und nach auch die richtigen Worte anfinden. Du nennst sie ja gewöhnlich das Herzbezwingende; aber es gehört mit zur Form, da es durch rein äußerliche Mittel erreicht wird, wie denn überhaupt das Wesen der Kunst vorzugsweise, vielleicht allein in der Form liegt, nur soll man diesen Begriff nicht zu grob nehmen. – Diese feinere Form ist die, welche es mich bei meinem poetischen Schaffen vorzüglich zu erfüllen drängt, und ich bringe ihr die prosodische wohl allerdings mitunter zum Opfer, was freilich nicht zu billigen ist, da beides sein Recht verlangt. Dennoch setze ich die prosodische Form weit unter die andre, und es ist reine Dummheit, auch in betreff der Form Platen über Heine zu setzen; Heine ist ohne Zweifel der größte Meister in der Form von diesen beiden. Doch gestehst Du Platen vielleicht zuwenig ein.
Da Du auch mir das Herzbezwingende mitunter einräumst und ich es vorzüglich in Heine finde, so ist es vielleicht nicht ohne Begründung, daß mein Schwager Ernst Esmarch, der ein recht gutes Urteil hat, mir diesen Winter einmal sagte, meine Verse machten denselben Eindruck auf ihn wie Heines. [...]

An Hartmuth Brinkmann, 10. Dezember 1852

Voll Vertrauen auf das Leben und mich selbst, und durch das Dämmerlicht der Zukunft noch einmal wieder jung, komme ich heute zu Dir und lege die neue Ausgabe meiner Gedichte in Deine treue Hand. Aber es ist ein Verlangen dabei. Es liegt mir jetzt namentlich alles daran, anerkannt zu werden; dies Buch darf nicht versanden. Du kennst wie keiner und fühlst den geheimsten Reiz meiner Dichtung. Du mußt mir daher, so viel Du auch zu tun hast, Deine nächste halbe Nacht opfern und eine Besprechung, mehr Anzeige als Kritik, für den Hamburger Korrespondenten liefern. Der angeschlossene Brief wird Dir zeigen, daß dort auch eine weitläufigere Besprechung über mich gern wird aufgenommen werden. Deinen Namen brauchst Du ja, wenn Du nicht willst, nicht unterzusetzen. Aber geschehen muß es, Du darfst mir das nicht abschlagen.
Um Dir die Sache zu erleichtern, lege ich das Konzept einer einmal angefangenen Selbstkritik bei und stelle Dir sonst noch folgende Gedanken zur Disposition:

1.

Die Kunst namentlich des lyrischen Dichters[2] besteht darin, im möglichst Individuellen das möglichst Allgemeine auszusprechen. Dies geschieht z. B. im »Lied des Harfenmädchens« S. 8, »Wohl rief ich sanft«, »Wohl fühl' ich, wie das Leben rinnt« (vgl. die Selbstkritik), »Das aber kann ich nicht ertragen« und, ich glaube, in den meisten meiner lyrischen Gedichte.

2.

Der lyrische Dichter muß namentlich jede Phrase, das bloß Überkommene vermeiden; jeder Ausdruck muß seine Wurzel im Gefühl oder der Phantasie des Dichters haben. Beispiel des Gegenteils: Geibel.

2 So nach Goldammer; »Briefe an seine Freunde« hat ›Dichtens‹.

3.

Jedes lyrische Gedicht soll Gelegenheitsgedicht im höheren Sinne sein; aber die Kunst des Poeten muß es zum Allgemeingültigen erheben (siehe oben Nr. 1).

4.

Die Wirkung des Lyrikers besteht vorzüglich darin, daß er über Vorstellungen und Gefühle, die dunkel und halbbewußt im Leser (Hörer) liegen, ein plötzliches oder neues Licht wirft.

An Friedrich Eggers, 13. März 1853

[...] W. Menzel in einer zwar auszeichnenden, aber sehr einseitigen Kritik sagt, es überwiege bei mir die Phantasie das Gefühl. Das ist gewiß unrichtig. Aber es ist eine Kunstfoderung für mich, daß das Gefühl sich nur durch das Medium der Phantasie aussprechen dürfe. Die drei Faktoren der Poesie sind: *Geist, Phantasie, Gemüt* – dem entspricht: *Gedanke, Bild, Gefühl.* Es muß alles drei immer beisammen sein; auch in der poetischen und Genremalerei (Abseits, Im Walde etc.), wofür Menzel mir ein besondres Talent zuschreibt; ich glaube, man könnte von diesen Sachen mit Recht sagen, was man von den Jacob-Beckerschen Bildern gesagt; daß ein *ethisches* Moment darin aufgenommen sei; auch sind alle meine landschaftlichen Sachen doch eigentlich lyrisch, so ist das Gedicht »Abseits« nicht sowohl eine Beschreibung der Heide als vielmehr der poetische Eindruck, den die Heide auf mich gemacht hat; daher ist es auch ein Ganzes, während z. B. bei Matthisson alles in einzelnen unzusammenhängenden Bildern auseinanderfällt. – Da ich in ästhetischen Plaudereien bin und es heute Sonntag – ad vocem *Bild:* darunter verstehe ich nicht die sogenannte *bilderreiche* Sprache, die allerdings durch

poetischen Drang hervorgerufen werden mag; die aber, da das Suchen des tertii comparationis, wenn noch so unmerklich, immer eine Verstandesoperation bleibt, die poetische Darstellung schwächt; sondern ich verstehe, wenn ich die Wirksamkeit der Phantasie in der Poesie als Bild bezeichne, darunter ein *»In-Szene-Setzen des Gedankens«*. Natürlich verschmäh ich nicht durchaus das vergleichende Bild, wo es besonders wirkend ist; aber im Ganzen will ich es nicht; es führt überdies direkt zur Phrase.
Übrigens scheint W. Menzel alt geworden zu sein; denn die Liebeslieder, welche ich für das *originalste* unter meinen Sachen halte, sind gar nicht erwähnt; sie behandeln nämlich nicht wie die meisten Liebeslieder das Verhältnis zwischen dem *unbewußten Jüngling* und *Mädchen*, es sind keine Frühlingsliebeslieder, sondern voll erschlossene Liebesrosen; den Liebesliedern läuft die *Sommerstimmung* in den landschaftlichen parallel. Paul Heyse hat in seiner »Margarita Spoletina« das auch versucht; aber er ist noch ein an Jahren zu junger Gesell, um das Sinnliche von der Erde loslösen und gehörig durchgeistigen zu können. Dasselbe wird wahrscheinlich der Fehler in der »Franzeska« sein. Auch ich könnte Ihnen Verse aus früherer Zeit zeigen, wo ich noch nicht hinlänglich über diesem gefährlichen Stoffe stand, die an sich vielleicht feurig und gut gearbeitet sind, die aber nicht *leben* dürfen, weil jene zarte Grenze darin verfehlt ist. [...]

An Emil Kuh, 29. November 1874

[...] Nachhang: Es ist eine eigene Sache, wo einem so vieles mit solcher Freudigkeit eingeräumt wird, noch Ansprüche erheben zu wollen. Dennoch meine ich, daß Sie meiner Lyrik nicht völlig gerecht geworden.
Und zwar meine ich, daß dies wesentlich in der Form Ihrer Kritik liegt, ja, daß Sie, wie es im einzelnen hervor-

tritt, meine Lyrik selbst höher stellen, als es dem Leser im allgemeinen erscheinen muß.

Es ist gefährlich, eine Persönlichkeit dadurch darzustellen, daß man sie mit anderen vergleicht, an ihnen mißt, eine Größe aufzustellen, ringsherum schöne Partien abzuschneiden und dann zu sagen: was nachbleibt, das ist nun er! Sie haben allerdings es nicht ganz so gemacht, aber es ist von diesem Verfahren so viel in Ihrer Darstellung, daß man die dargestellte Persönlichkeit mehr in einer durch diese Beschränkung und Beschneidung von außen her als durch das eigene Wachstum von innen heraus entstandenen Kontur sieht. Und ich glaube – wie Sie es sonst auch selbst ausdrücken –, ich bin eine ziemlich urwüchsige Natur, wenn ich auch meine Vorgänger so wenig verleugnen kann als Mozart den Cimarosa.

Es liegt dies zum großen Teil darin, daß bis zum neunzehnten Jahre, wo ich nach Lübeck kam, außer ein paar Sachen von Goethe, nichts Poetisches zu mir kam, das in mir einen Nerv hätte treffen können. Das hätte auch wohl biographisch berührt werden müssen.

Daher mag Ihnen einzelnes des Positiven, das meine Lyrik hat, ja vielleicht vor anderen voraus hat, entgangen sein.

Sie sagen: »Nicht die stärksten und nicht die höchsten Bewegungen der Seele stürmen durch seine Gedichte.« Ich glaube, daß das nicht so unbedingt hätte ausgesprochen werden sollen. Wo z. B. findet das Heimatsgefühl einen zugleich so poetischen und so starken Ausdruck als in dem Gedichte »Abschied«? Von dem Gedichte »Ostern« sagte einmal jemand, es sei bei der letzten Zeile, als wenn tönender Glockenschall plötzlich ins Ohr schlüge.

So richtig Ihre Bemerkungen deshalb sein mögen, so gewinnt es – mir kommt's so vor, ich glaube auch anderen – doch durch die Art oder durch das Verhältnis zum Ganzen, wie es gesagt ist, den Anschein, als meinten Sie: es käme doch eigentlich der volle Herzton in meiner Lyrik nicht so recht heraus; und doch, glaube ich, ist das in vielen meiner Gedichte ganz besonders und vor anderen der Fall,

ich glaube nicht bloß die sinnige Weise, sondern eben auch die Energie der Begeisterung und des Charakters in meiner Lyrik zu haben [...].
Das sind, glaube ich, klangvolle, wuchtige Verse, starke Herzenstöne, die weder Heine noch Mörike haben; die sich weder in sich zurückschmiegen, noch von denen man sagen kann, daß sie sich mit einem bescheidenen Glanze begnügen müssen.
Mir ist, als dröhnten diese Verse wie Erz.
Diese Seite meiner Poesie ist in Ihrer Kritik ganz unberücksichtigt geblieben, obgleich es wichtig schien, wenn bei der Parallele mit Heine und Mörike gesagt wurde, was mir fehle, daß auch gesagt wurde, was ich vor ihnen voraus habe. Wie meine Lyrik der Ausprägung des Charakters dient, zeigen auch die kleinen Sachen: »Und war es auch ein großer Schmerz« – »Zweifel« – »Es gibt eine Sorte etc.«
Von einer anderen Seite betrachtet: Vergleichen Sie einmal meine – wie soll ich sagen? – patriotische Lyrik mit der eines jeden anderen Dichters. Hätte da nicht ein Wort gesagt werden sollen?
Daß Sie diese ganze starke Seite meiner Lyrik übersehen haben, liegt in Ihrer Natur, die sich wesentlich dem Sinnigen neigt.

An Bertrand Sichel, 17. Februar 1886

[...] Zunächst: die Kunst der Poesie ist niemals erblich. Die Ursache finde ich darin, daß sie auf zu mannigfachen Voraussetzungen beruht, um sich durch Zeugung vollständig übertragen zu lassen. Die in viel engeren Grenzen gehende Musik ist dagegen erblich (Bach).
Ob, wenn von diesen notwendigen Voraussetzungen eine fehlt, sie im Leben noch hinzuentstehen und so erst der Dichter fertig werden kann? – Ich weiß es nicht; denn so

viel ist gewiß, schon das Kind muß der Dichter sein; nicht der produzierende, sondern der rezipierende; das Innerste vom Besten, das wir später geben können, haben wir in der Kinder- und der Jugendzeit in uns aufgenommen, wie der Stein am Wege das warme Sonnenlicht.

Ich glaube, mit dem Hauptsächlichen muß der Poet geboren sein; aber gestärkt werden wird es sicher können; wie das Gedächtnis werden wir durch Übung auch die Kraft der Phantasie erhöhen können sowie u. a. die Fähigkeit, unter den Eigenschaften der Dinge, und wiederum aus der Masse der Dinge die *wesentlichen* herauszusehen: eine der notwendigsten Voraussetzungen für dichterische Darstellung.

Ich halte *Phantasie* und einen scharf trennenden *Verstand* nicht für die alleinigen, aber für die Hauptvoraussetzungen der Poesie; die Phantasie wirft wie eine Quelle die Stoffe auf, die disponierende Hand des Verstandes schwebt darüber. Aber die Phantasie ist nicht nur die Kraft, die reine Selbstgebilde schafft, sie ist auch die Kraft, welche die vorhandenen Dinge in eigentümlicher und schärferer Beleuchtung, in ihren Verbindungen oder in ihrer ungeheueren Einsamkeit erscheinen läßt; sie wendet die Hälfte ihrer Kraft also dem schon Vorhandenen zu; und je mehr Vorhandenes ihr zugewandt wird aus dem Reichtum der Geschichte, der gegenwärtigen Welt oder irgendwoher, desto glänzender oder tiefer wird sie ihre Tätigkeit, ihre Neuschöpfung entfalten können.

– – Die Lyrik bedarf, um in vollster Tiefe und Schönheit zu existieren, freilich nur eine geringe Ausdehnung; dagegen ist unter den poetischen Befähigungen die zur Lyrik die seltenste; einfach, weil sie die ursprünglichste ist. »Die lyrische Empfindung, wenn sie auf eigene Faust leben will, muß sehr stark sein.« E. Kuh. »Ein Lied ist das Zeichen der Ursprünglichkeit.« H. Heine. Ich möchte auf das Vorwort zu meinem *Hausbuch* aus deutschen Dichtern verweisen; und hinzusetzen: Das Urteil über Lyrik oder vielmehr die Urteilsfähigkeit darüber ist fast so selten wie die echte Lyrik selbst.

Mich anlangend, so kann ich hinsichtlich meiner Lyrik die Versicherung geben, daß mir manche Strophe, ohne merkliche Tätigkeit der eigenen Geisteskräfte, so gleichsam aus der Luft gefallen ist; u. a., wie ich mich dessen deutlich erinnere, das »Lied des Harfenmädchens« in Immensee, während ich in argem Herbstschlackerwetter von Husum nach Tondern in einer Kutsche allein durch die öde Gegend fuhr.
Aber die Lyrik ist vorerst einmal bei uns erloschen, wenn auch noch einzelne leben, denen früher zwei oder drei echte Lyrica gelungen sind. Was jetzt dergleichen fabriziert, hat keine Ahnung davon. [...]

Anhang

Zu Auswahl, Anordnung und Gestalt der Texte

Auswahl

Leitprinzipien der Auswahl aus Storms Gedichten sind drei Gesichtspunkte:

1. die von Storm selbst als besonders charakteristisch bezeichneten Gedichte sind fast alle aufgenommen. Für die Aufnahme seiner Lyrik in Anthologien hat Storm verschiedene Hinweise gegeben. 1852 empfiehlt er dem Literaturhistoriker Karl Goedeke zum Abdruck die Gedichte *Oktoberlied*, *Abseits*, *Wohl rief ich sanft*, *[Lied des] Harfenmädchen[s]*, eventuell *Golem*. Sechzehn Jahre später, am 16. Juli 1868 nennt er dem Schriftsteller und Literaturwissenschaftler Georg Scherer für dessen Anthologie *Deutscher Dichterwald* die Gedichte *Oktoberlied*, *Abschied*, *Trost*, *Im Herbste*, *Juli*, *Abseits* und *Du warst es doch*, fügt aber hinzu, zu »einiger Vollständigkeit« gehörten noch die Gedichte *Von Katzen*, *Notgedrungener Prolog*, *Ein Sterbender*, *Es gibt eine Sorte*, *Für meine Söhne*. Die Titel zeigen, daß Storm nicht so sehr die ›Perlen‹ nach Vollkommenheitsprinzipien auswählte, als vielmehr einen sein Gesamtwerk charakterisierenden Überblick geben wollte. Im selben Brief bekennt er, in der Lyrik sei er in seinem »eignen Gebiet«: was von »Charakter, Leidenschaft und Humor« in ihm sei, komme in der Lyrik zum Ausdruck. Die von ihm selbst getroffene Auswahl wird diesen drei Bestimmungen seines Wesens gerecht. Im Brief vom 23. Juli 1871 an Ada Christen kommt Storm auf die Vorbilder zu sprechen, die auf seine eigene Produktion eingewirkt haben. Dann fährt er fort: »Die der höchsten Entwicklung meines Talents angehörenden Lieder ›Oktoberlied‹, ›Heute, nur heute‹, ›Es ist so still‹, ›Hier an der Bergeshalde‹, ›Die Nachtigall‹, ›Schließe mir die Augen beide‹, ›Das aber kann ich nicht ertragen‹, ›Auf dem Segeberg‹, ›Abschied‹, ›Für meine Söhne‹, ›Du warst es doch‹; ›Klingt im Wind ein Wiegenlied‹ etc. tragen nur das Gepräge meiner Persönlichkeit, soweit dies bei dem Streben nach reiner Schönheit überall möglich ist.« Schließlich führt Storm, im Brief vom 29. November 1874 an Emil Kuh, noch die politischen Gedichte zum Beweis dafür an, daß seine Lyrik »nicht bloß

die sinnige Weise, sondern eben auch die Energie der Begeisterung und des Charakters« habe.

2. Aufnahme finden die nach heutigen Wertmaßstäben gelungensten und charakteristischsten Gedichte. Dabei hat der zeitliche Abstand zu Storm dessen Wertung und Charakterisierung eigener und zeitgenössischer Dichtung in den meisten Fällen bestätigt, ohne allerdings Storms Absolutsetzung eigener Maßstäbe nachzukommen.

3. Jugendgedichte sind nur in den Fällen aufgenommen, wo sich der für Storms reife Lyrik spezifische Ton in Anklängen findet (etwa *Westermühlen*).

Anordnung

Für eine Ausgabe Stormscher Lyrik sind verschiedene Anordnungsmöglichkeiten denkbar. Storm selbst hat die von ihm autorisierte Ausgabe seiner Lyrik (*Gedichte*, Berlin: Paetel 1885) in zwei Gruppen geteilt: die erste enthält die von ihm als gültig betrachteten Gedichte, die zweite wenig umfangreiche enthält »ältere Gedichte«. Die meisten Storm-Ausgaben übernehmen diese Gliederung und fügen sogenannte Nachlese-Gedichte hinzu. Die ›Nachlese‹ enthält neben Gedichten aus dem Nachlaß auch separat publizierte, aber nicht in die Gedichtsammlung aufgenommene Verse, meist in chronologischer Reihenfolge.

Daneben finden sich thematische und ausschließlich chronologische Anordnungen. Die thematische Gliederung kommt in ihrer Verabsolutierung des Gültigkeits-Prinzips dem etwas ominösen Ideal der ›Blütenlese‹ nahe; die chronologische Anordnung dagegen veranschaulicht die Entwicklung und trägt der historischen Perspektive Rechnung.

Da eine streng chronologische Ordnung der Persönlichkeitsentwicklung nur bei kommentierter Darbietung sämtlicher Gedichte gerecht werden kann, versucht diese Auswahl-Ausgabe beide Prinzipien zu kombinieren.

Die Gedichte sind in fünf Bereiche eingeteilt:

1. Natur und Liebe. Liedhafte Lyrik.
2. Tod und Erinnerung. Reflektierende und elegische Lyrik.

Diese beiden Abteilungen enthalten Storms bekannteste Gedichte, die seinen Ruf als Lyriker des ›Stimmungshaften‹ und ›Innig-Gemüthaften‹ begründet haben. Natur- und Liebeslyrik sind aus gutem Grund zusammengestellt, da Storms Naturdichtung in der frühen und mittleren Periode vom selben sentimentalischen Gefühl einer durch Bewußtheit etwas verkrampften Diesseitigkeit getragen wird wie seine Liebesdichtung. In verschiedenen Gedichten gehen Natur- und Liebesaussage eine unlösbare Einheit ein (*Abends*, *O süßes Nichtstun*, *Hyazinthen*, *Im Herbste*). Die erste Abteilung versammelt die ›hellen‹ Gedichte, in die höchstens als Anklang die Furcht vor Vergänglichkeit und Tod eindringt. Die eigentliche Liebeslyrik endet 1865 mit dem Tod seiner ersten Frau, Constanze. Wo Natur später noch in Storms Lyrik begegnet, erscheint sie primär unter der Perspektive der Vergänglichkeit. Das zeigen die Gedichte der zweiten Abteilung, die 1865 und danach entstanden sind; sie schließen chronologisch unmittelbar an die erste Abteilung an und erheben eine bereits vor 1865 in Storms Lyrik vorhandene ›dunkle‹ Komponente (die Gedichte *Eine Frühlingsnacht* bis *Beginn des Endes*) zur fortan das lyrische Werk bis in die Widmungen hinein beherrschenden Stimmung: Reflexionen über den Tod, die Vergänglichkeit des menschlichen Daseins, die entschwundene Zeit, und immer wieder die Erinnerung an die tote Constanze: Storms Liebeslyrik läßt sich, überspitzt formuliert, fast unterteilen in ›Lieder an eine Lebende‹ und ›Lieder an eine Tote‹. Gegenüber dem erlebnis- und liedhaften Charakter der Natur- und Liebeslyrik verstärkt sich im zweiten Bereich das reflektorische und weltanschaulich-bekennerische Moment. Natur und Menschenleben werden nicht mehr als einmaliges Erlebnis geschildert, sondern erhalten etwas Typisches und Gleichnishaftes.

3. Die erzählende Lyrik enthält außer den Balladen auch die humorvollen Rollengedichte. Einige formal episierende Gedichte sind der zweiten Abteilung zugeordnet, da in ihnen das Erlebnis oder die Begebenheit nur den Anlaß zu Reflexion oder Bekenntnis bildet. Das gilt für die Ich-Perspektive aufweisenden Gedichte (*Im Zeichen des Todes*, *Weihnachtabend*) wie auch für einige in der dritten Person stehenden Gedichte (*Ein Sterbender*, *Geh nicht hinein*). Beide Gruppen unterscheiden sich von den Balladen, in denen die Darstellung nicht-persönlicher Begebenheiten ohne angeschlossene Reflexion vorgetragen ist.

4. Politisch-patriotische Lyrik. Dabei kommt das Etikett ›politisch‹ eher den antifeudalen und antikirchlichen Versen zu als den gegen äußere Feinde gerichteten Gedichten. Diese um das Schicksal Schleswig-Holsteins kreisende Lyrik ist ›patriotische Ly-

rik‹ in engstem lokalpatriotischen Sinn; schon zum größeren Konflikt mit Frankreich hat Storm trotz persönlicher Anteilnahme kein Gedicht beigesteuert. Gedichte mit politischen Nebengedanken (*In der Frühe*, *Ostern*, *Wir können auch die Trompete blasen)* sind ihrer dominanten Thematik entsprechend eingeordnet.
5. Sprüche und Widmungen. Die letzte Abteilung versammelt die nichtpolitischen ›Sprüche zur Weltweisheit‹, gnomische, weltanschauliche Verse mit primär didaktischem Akzent; daneben Erinnerungsverse und sentenzenhafte Widmungen.
Diese Rubriken sollen allerdings nicht darüber hinwegtäuschen, daß manche Gedichte auch anders eingereiht werden können (*Es gibt eine Sorte*). Soweit Storms primäre Intentionen überliefert sind, entscheiden sie über die Einordnung.
Innerhalb der fünf Abteilungen sind die Gedichte chronologisch gruppiert. Ausschlaggebend für die Reihenfolge ist der Zeitpunkt der feststellbaren Entstehung; die Gedichte, von denen nur das Datum der Erstveröffentlichung bekannt ist, werden den Gedichten mit bekanntem Entstehungsdatum angeschlossen. Ausnahmen finden sich bei postum veröffentlichten Gedichten – hier ist für die Eingliederung der mutmaßliche Entstehungszeitpunkt entscheidend – und bei den Jahreszeiten-Gedichten, die wegen der thematischen Einheit zusammengestellt sind.
Beide Daten sind im Inhaltsverzeichnis den Gedichten beigegeben sowie die Angabe, ob Storm sie in seine Gedichtausgabe von 1885 aufgenommen hat (G1: Erstes Buch; G2: Zweites Buch, Ältere Gedichte), oder ob sie aus der ›Nachlese‹ (N) stammen. Für die Bestimmung der Chronologie wurden außer der einschlägigen Literatur besonders die kritische Ausgabe von Albert Köster, der Band der Sammlung Metzler von Hartmut Vinçon und die Storm-Ausgabe von Peter Goldammer benutzt; herangezogen wurde auch die chronologisch ordnende Storm-Ausgabe von Fritz Böhme (s. Literaturhinweise).

Textgestalt

Als Druckvorlage der Gedichte dient die kritische Ausgabe von Albert Köster: Theodor Storms Sämtliche Werke. Bd. 1. Leipzig: Insel Verlag 1924. Ausgenommen davon sind die Gedichte *Begegnung* (benutzt wurde der Erstdruck in: Storms Werke, nach der von Theodor Hertel bes. Ausgabe neubearb. und erg. von Fritz

Böhme. Bd. 1. Leipzig: Bibliographisches Institut 1936), *Am Fenster lehn ich* (Erstdruck bei Franz Stuckert: Theodor Storm. Sein Leben und seine Welt. Bremen: Schünemann 1955), *Größer werden die Menschen nicht* und *Ein Leib und eine Seele* (Bd. 8 der Kösterschen Ausgabe), *Halbe Arbeit* und *Beim Pfänderspiel* (nach dem Vorwort zum ersten Band der Kösterschen Ausgabe). Vier Gedichttitel stammen nicht aus der Ausgabe Kösters: *Rote Rosen* ist ergänzt nach einer Handschrift Storms von 1851 (Goldammer I,741); der Titel *Frauen-Ritornelle* und die Zusammenstellung der bei Köster getrennt wiedergegebenen *Ritornelle* (1–3 und 4) folgt Storms Ausgabe letzter Hand von 1885; *An Wilhelm Jensen* ist dem Erstdruck bei Feodor Wehl: Theodor Storm. Ein Bild seines Lebens und Schaffens. Altona 1888, entnommen; *Welt-Lauf* den Briefen Storms an Hartmuth Brinkmann vom 21. Januar 1868 und an Ludwig Pietsch vom 16. August 1867 (Briefe an seine Freunde). Sämtliche Texte wurden den Vorlagen unverändert entnommen.
Die Prosatexte, die einen Eindruck von Storms Reflexion über Lyrik vermitteln sollen, entstammen folgenden Quellen:

Aus Rezensionen und Vorreden

Besprechung von M. A. Niendorfs »Liedern der Liebe«. (Erstdruck: Literaturblatt des Deutschen Kunstblattes, Jg. 1, S. 14 f., vom 23. 2. 1854.) Druckvorlage: Theodor Storms Sämtliche Werke. Hrsg. von Albert Köster. Bd. 8. Leipzig: Insel Verlag 1924. S. 70 f.
Anzeige der Lieder von Julius von Rodenberg. (Erstdruck: Literaturblatt des Deutschen Kunstblattes, Jg. 1, S. 25 f., vom 6. 4. 1854.) Druckvorlage: Ebd., S. 74 f.
Vorrede zum »Hausbuch aus deutschen Dichtern«. (Erstdruck: Hausbuch aus deutschen Dichtern seit Claudius. Eine kritische Anthologie von Theodor Storm. Hamburg: Mauke 1870.) Druckvorlage: Ebd., S. 112–117.

Aus Briefen

Brief an Hartmuth Brinkmann vom 28. März 1852. In: Theodor Storm, Briefe an seine Freunde Hartmuth Brinkmann und Wilhelm Petersen. Hrsg. von Gertrud Storm. Berlin, Braunschweig, Hamburg: Westermann 1917. S. 37–39.
Brief an Hartmuth Brinkmann vom 10. Dezember 1852. In: Briefe an seine Freunde, S. 49–51.

Brief an Friedrich Eggers vom 13. März 1853. In: Theodor Storms Briefe an Friedrich Eggers. Mit einer Lebensskizze von F. Eggers und Gedichtproben. Hrsg. von H. Wolfgang Seidel. Berlin: Curtius 1911. S. 16–18.
Brief an Emil Kuh vom 27. und 29. November 1874. In: Briefwechsel zwischen Theodor Storm und Emil Kuh. Veröff. von Paul R. Kuh. In: Westermanns Monatshefte 67 (1889/90). Der wiedergegebene Teil stammt vom 29. November 1874, S. 377 f.
Brief an Bertrand Sichel vom 17. Februar 1886. In: Keller und Storm über das Dichterische. Zwei Briefe. Mitgeteilt von Jonas Fränkel. In: Corona Jg. 6 (1936) H. 2, S. 246 f.

Die Orthographie der Prosatexte wurde bei Wahrung des Lautstandes der heutigen Schreibweise angeglichen, die Interpunktion behutsam modernisiert.

Literaturhinweise

Ausgaben

Gesammelte Schriften. Erste Gesamtausgabe. 19 Bde. [Bd. 1–6 u. d. T.: Sämtliche Schriften.] Braunschweig: Westermann, 1868–89.

Sämtliche Werke. Neue Ausg. in 8 Bänden. Braunschweig: Westermann, 1898.

Sämtliche Werke. Neue Ausg. in 5 Bänden. Braunschweig: Westermann, 1912.

Werke. Hrsg. von Theodor Hertel. Krit. durchges. und erl. Ausg. 6 Bde. Leipzig/Wien: Meyer, 1919–20.

Sämtliche Werke in 8 Bänden. Hrsg. von Albert Köster. Leipzig: Insel Verlag, 1924.

Werke. Nach der von Theodor Hertel bes. Ausg. neu bearb. und erg. von Fritz Böhme. 9 Bde. Leipzig: Bibliographisches Institut, 1936.

Sämtliche Werke. 2 Bde. Mit einem Nachw. von Johannes Klein. München: Winkler, 1951. Neuausg. mit Anm. und einer Zeittaf. von Karl Pörnbacher und einem Nachw. von Johannes Klein 1977. [Text nach der ersten Gesamtausgabe von 1868–69.]

Sämtliche Werke. Hrsg. von Peter Goldammer. 4 Bde. Berlin/Weimar: Aufbau-Verlag, 1956. [6]1986.

Werke. Hrsg. und eingel. von Hermann Engelhard [d. i. Hellmuth Langenbucher]. 3 Bde. Stuttgart: Cotta, 1958.

Werke in 2 Bänden. Mit einem Essay von Thomas Mann. Hrsg. von Gottfried Honnefelder. Frankfurt a. M.: Insel Verlag, 1975.

Gesammelte Werke. Hrsg. von Hans A. Neunzig. München: Nymphenburger Verlagshandlung, 1981. [Text nach der Goldammerschen Ausgabe.]

Gesammelte Werke. Hrsg. von Gottfried Honnefelder. 6 Bde. Frankfurt a. M.: Insel Verlag, 1983.

Sämtliche Gedichte. Nachw. und Erl. von Winfried Freund. München: Goldmann, 1985.

Sämtliche Werke. Hrsg. von Karl Ernst Laage. 4 Bde. Frankfurt a. M.: Deutscher Klassiker Verlag, 1987–88.

Ackermann, Friedrich: Zum Rhythmusproblem. Verdeutlicht an Storms Gedicht *Hyazinthen*. In: Die Pädagogische Provinz 19 (1965) S. 26–39.

Alfero, Giovanni Angelo: La Lirica di Teodoro Storm. Saggio critico. Palermo 1924.

Bakalov, Anatol S.: ›Stille‹ und ›Lärm‹ in der Lyrik Theodor Storms. In: Schriften der Theodor-Storm-Gesellschaft 36 (1987) S. 37–42.

Beissenhirtz, Walter: Theodor Storms Theorie der reinen Lyrik, ihre Forderungen, ihr Sinn und ihre geschichtliche Bedeutung. Diss. Marburg 1932.

Benöhr, Franz: Die politische Dichtung aus und für Schleswig-Holstein in den Jahren 1840–64. Schleswig 1911. S. 86–102.

Bernd, Clifford A.: Theodor Storms Lyrik. Die Bedeutung von neuerworbenem Quellenmaterial für deren Neuverständnis. In: Nordelbingen 38 (1969) S. 104–111.

Bertram, Theodor: ›Der eine fragt: Was kommt danach?‹ Versuch einer Deutung des vielumstrittenen Storm-Gedichts. In: Schriften der Theodor-Storm-Gesellschaft 19 (1970) S. 50–62.

Biese, Alfred: Lyrische Dichtung und neuere deutsche Lyriker. Berlin 1896. S. 94–119.

– Theodor Storm als Kunstrichter und als lyrischer Künstler. In: Preußische Jahrbücher 169 (1917) S. 321–340.

– Theodor Storm im *Liederbuch dreier Freunde*. In: Neue Jahrbücher für das klassische Altertum, Geschichte und deutsche Literatur und für Pädagogik. 1. Abt. Jg. 20 (1917) Bd. 39. S. 551–561.

– Das *Liederbuch dreier Freunde*. In: Das literarische Echo 20 (1917/18) Sp. 143–147.

Binder, Hermann: Theodor Storm. Ein deutscher Lyriker. Leipzig 1914.

Böttger, Fritz: Theodor Storm in seiner Zeit. Berlin 1959.

Choi, Byungje: Realismus und Lyrik: Untersuchungen zum Gedichtwerk Theodor Storms. Diss. Passau 1994.

Closs, August: Die neuere deutsche Lyrik vom Barock bis zur Gegenwart. In: Deutsche Philologie im Aufriß. Hrsg. von Wolfgang Stammler. Berlin [2]1960. Bd. 2. Sp. 275–277.

Coghlan, Brian: Theodor Storm's intimations of morality in *Geh nicht hinein*. In: In search of the poetic real. Essays in honor of Clifford Albrecht Bernd on the occasion of his sixtieth birthday. Stuttgart 1989. S. 81–96.

Engels, Margarete: Storms Verhältnis zum lyrischen Gedicht und zur Novelle. Diss. München 1928.
Ermatinger, Emil: Die deutsche Lyrik seit Herder. Bd. 3. Leipzig [2]1925. S. 126–140.
Forster, Franz: Theodor Storms *Meeresstrand* und *Die Stadt*. Probleme der Lyrikdefinition. – Zur Gattungspoetik und einigen Fragen ihrer Systematik. In: Jahrbuch der Grillparzer-Gesellschaft 12 (1976) S. 27–37.
Fratzscher, Arnold: Theodor Storms Gedanken über Lyrik und seine nachgelassenen Gedichte. Diss. Rostock 1922. [Masch.]
Galt, Alan B.: Sound and sense in the poetry of Theodor Storm. A phonological-statistical study. Bern / Frankfurt a. M. 1973.
Goldammer, Peter: Erlebnis und Lebensgefühl. Die Lyrik Theodor Storms. In: Neue deutsche Literatur 4 (1956) H. 12. S. 98–106.
– Theodor Storm. Eine Einführung in Leben und Werk. Leipzig 1968.
Goldschnig, Dietmar: Zu Theodor Storms Liebeslyrik. In: Literaturwissenschaftliches Jahrbuch 20 (1979) S. 299–395.
Guth, Anna: Theodor Storms ›Gartenpoesie‹, ihre Grundlagen und ihre Entwicklung. Diss. Königsberg 1928.
Hausmann, Manfred: Unendliches Gedicht. Bemerkungen anläßlich der Lyrik Theodor Storms. In: Schriften der Theodor-Storm-Gesellschaft 11 (1962) S. 9–25.
Herrmann, Walther: Theodor Storms Lyrik. Diss. Leipzig 1910. Leipzig 1911.
Heyden, Franz: Deutsche Lyrik. Hamburg 1929. S. 18–26, 28–30, 68–72, 146–152.
Hollander, Brigitte von: Die Theorie der Lyrik von Hebbel bis Liliencron. Diss. Jena 1943. [Masch.]
Jarka, Horst: Theodor Storms Gedicht *Die Nachtigall*. In: The German Quarterly 39 (1966) S. 187–200.
Klein, Johannes: Geschichte der deutschen Lyrik. Von Luther bis zum Ausgang des Zweiten Weltkrieges. 2., erw. Aufl. Wiesbaden 1960. S. 588–598.
Knodt, Karl Ernst: Theodor Storm, der Lyriker. Leipzig 1906.
Koch, Karl: Unvergessener *Knecht Ruprecht*. In: Schriften der Theodor-Storm-Gesellschaft 23 (1974) S. 58 f.
Kuke, Ingeborg (Hrsg.): Theodor Storm: *Die Stadt*. 22 Übertragungen des Gedichtes in 10 verschiedenen Sprachen. Husum 1975.
Kunz, Gerhard: Theodor Storms Verhältnis zur Volkspoesie. Frankfurt a. M. 1936.

Lees, John: The German Lyric. London 1914. S. 212–219.
Lichtenstein, Bernhard: Über die Gedichte Theodor Storms. Programm Jägerndorf 1902.
Lohmeier, Dieter: Das Erlebnisgedicht bei Theodor Storm. In: Schriften der Theodor-Storm-Gesellschaft 30 (1981) S. 9–26.
Lukács, Georg: Bürgerlichkeit und l'art pour l'art: Theodor Storm. In: G. L.: Die Seele und die Formen. Berlin 1911. S. 119–169.
Macleod, Norman: German Lyric poetry. New York 1931. S. 116–122.
Markwardt, Bruno: Geschichte der deutschen Poetik. Berlin [3]1956. Bd. 4. S. 390–400, 404 f., 479–486, 687–692.
Martini, Fritz: Theodor Storms Lyrik. Tradition – Produktion – Rezeption. In: Schriften der Theodor-Storm-Gesellschaft 23 (1974) S. 9–27.
– Ein Gedicht Theodor Storms: *Geh nicht hinein*. Existenz, Geschichte und Stilkritik. In: Gedenkschrift für F. J. Schneider. Weimar 1956. S. 306–336. Auch in: Schriften der Theodor-Storm-Gesellschaft 6 (1957) S. 9–37.
Merker, Paul: Theodor Storm: Meeresstrand. In: Gedicht und Gedanke. Auslegungen deutscher Gedichte. Hrsg. von Heinz Otto Burger. Halle a. d. S. 1942. S. 274–287.
Müller, Harro: Theodor Storms Lyrik. Bonn 1975.
– Kritische Überlegungen zu Storms Naturlyrik. In: Naturlyrik und Gesellschaft 26 (1977) S. 126–136.
– / Mecklenburg, Norbert: Theodor Storms Gedicht *Über die Heide*, Versuch einer kritischen Interpretation. In: Schriften der Theodor-Storm-Gesellschaft 19 (1970) S. 35–42.
Müller, Joachim: Zur Lyrik Theodor Storms. In: J. M.: Von Schiller bis Heine. Halle a. d. Saale 1972. S. 451–469.
Müller, Lothar: Neues zu den frühen Gedichtveröffentlichungen Theodor Storms. In: Schriften der Theodor-Storm-Gesellschaft 41 (1992) S. 31–44.
Pätzold, Hartmut: »Ein Stück andre Welt«: von der Unbrauchbarkeit des Paradigmas der »Erlebnislyrik« für die Gedichte Theodor Storms. In: Schriften der Theodor-Storm-Gesellschaft 43 (1994) S. 43–63.
Paulsen, Ingwert: Das *Liederbuch dreier Freunde*. In: Schriften der Theodor-Storm-Gesellschaft 23 (1974) S. 62–64.
Peters, Lorenz Conrad: Zu Theodor Storms Gedicht *Die Stadt*. In: Schriften der Theodor-Storm-Gesellschaft 25 (1976) S. 77 f.
Peyn, Bruno: Storms lyrisches Schaffen. Diss. Marburg 1913.

Pitrou, Robert: La Vie et l'Œuvre de Theodor Storm. Paris 1920.
Plüß, Theodor: Theodor Storms Dichtungen. Kiel 1876.
Pototschnik, Otmar: Über den Einfluß der Lyrik Storms auf seine Novellistik. Diss. Graz 1921. [Masch.]
Ranft, Gerhard: Theodor Storms Auffassung vom Wesen der Lyrik. In: Schriften der Theodor-Storm-Gesellschaft 8 (1959) S. 48–55.
Reinhold, Fedor: Die norddeutsche Heide als Gegenstand der Dichtung bei Annette von Droste-Hülshoff, Theodor Storm und Hermann Löns. Diss. Leipzig 1932.
Sammern-Frankenegg, F. R.: Theodor Storms Gedicht *Crucifixus*. Ein Vorwurf christlicher Versöhnlichkeit. In: Moderna språk 63 (1969) S. 34–42.
Sang, Jürgen: Storms Lyrik als Gegenstand der Forschung. 30 Jahre ›Schriften der Theodor-Storm-Gesellschaft‹. In: Schriften der Theodor-Storm-Gesellschaft 30 (1981) S. 27–38.
Sauberberg, Anna: Eduard Mörike und Theodor Storm als Lyriker. Diss. Wien 1920. [Masch.]
Schaefer, Mathilde: Die Verskunst Theodor Storms. Diss. Marburg 1926. [Masch.]
Sengle, Friedrich: Storms lyrische Eigenleistung. Abgrenzung von anderen großen Lyrikern des 19. Jahrhunderts. In: Schriften der Theodor-Storm-Gesellschaft 28 (1979) S. 9–33.
Silmann, Tamara: Theodor Storms Gedicht *Meeresstrand*. In: Schriften der Theodor-Storm-Gesellschaft 25 (1976) S. 48–52.
Silz, Walther: Theodor Storm: Three Poems. In: The Germanic Review 42 (1967) S. 293–299. Dt. Fass.: Schriften der Theodor-Storm-Gesellschaft 19 (1970) S. 25–34.
– Theodor Storms *Über die Heide*. In: Studies in German literature of the nineteenth and twentieth centuries. Festschrift für Frederic E. Coenen. Chapel Hill (Univ. of North Carolina) 1970. S. 105–110.
Spiero, Heinrich: Geschichte der deutschen Lyrik seit Claudius. Leipzig [2]1915. S. 117–120.
Spycher, Peter: Theodor Storm: *Abseits*. In: Die deutsche Lyrik. Interpretationen. Hrsg. von Benno von Wiese. Düsseldorf 1957. Bd. 2. S. 191–200.
– Geheimnisvolles in Theodor Storms Lyrik. In: Schriften der Theodor-Storm-Gesellschaft 24 (1975) S. 9–35.
Storm, Gertrud: Theodor Storm. Ein Bild seines Lebens. Bd. 2. Berlin [2]1912.
Stramm, Hermann: Theodor Storm. Eine Einführung in seine Stimmungskunst. Eckernförde 1915.

Stuckert, Franz: Theodor Storm. Der Dichter in seinem Werk. 2., überarb. Aufl. Tübingen 1952.
– Theodor Storm. Seine Welt und sein Werk. Bremen 1955.
Tempeltey, Eduard: Theodor Storms Dichtungen. Kiel 1867.
Tucker, Harry: Theodor Storm: *Schlaflos*. In: The German Quarterly 41 (1968) S. 55–58.
Vinçon, Hartmut: Theodor Storm in Selbstzeugnissen und Bilddokumenten. Reinbek bei Hamburg 1972.
– Theodor Storm. Stuttgart 1973.
Weißer, Erich: Rainer Maria Rilkes *Herbsttag* und Storms *Herbst*. Ein Stilvergleich. In: Zeitschrift für deutsche Bildung 5 (1929) S. 214–219.
Werneke, Franz: Theodor Storms *Oktoberlied*. Eine Interpretation. In: Unsere Schule 9 (1954) S. 223–228.
Witkop, Philipp: Die deutschen Lyriker von Luther bis Nietzsche. Leipzig ^{2}1921. Bd. 2. S. 253–257.
Wooley, Elmer Otto: Studies in Theodor Storm. Bloomington 1943.
– Ein Beitrag zur Datierung von Theodor Storms Gedichten. In: Schriften der Theodor-Storm-Gesellschaft 7 (1958) S. 40–47.

Zeittafel

1817 14. September: Hans Theodor Woldsen Storm als erstes Kind des Advokaten Johann Kasimir Storm (1790–1874) und seiner Frau Lucie geb. Woldsen (1797–1879), Tochter des Senators Simon Woldsen, in Husum geboren. Geburtshaus: Am Markt 9. Von Geburt ist Storm dänischer Staatsbürger (seit 1773 gehörte Schleswig-Holstein zu Dänemark).

1818 Umzug in das Haus Neustadt 56.

1821 Umzug in das Haus der Großeltern Woldsen, Hohle Gasse 3. Im Herbst Eintritt in die Klippschule der ›Mutter Amberg‹.

1826 Herbst: Eintritt in die Quarta der Gelehrtenschule. Erste, nicht erhaltene Verse (Ode *Matahias, der Befreier der Juden*). Deutschunterricht: in der Quarta vier Stunden, in der Tertia zwei, in der Sekunda eine Stunde wöchentlich, in der Prima eine Stunde Rhetorik.

1833 Jugendfreundschaft mit Emma Kühl von der Insel Föhr. 17. Juli: *An Emma*, frühestes Gedicht in dem ältesten erhaltenen handschriftlichen Gedichtband.
(»In unserem Hause war zwar ein Schiller, von Goethe nur ›Hermann und Dorothea‹ und dann vom Großvater her, ein Chodowiecki-Band des alten Wandsbecker Boten. Erst die Hildenburghauser Kabinett- und Miniaturausgabe brachte uns eine Menge Dichtungen; aber von Poeten, die damals wohl schon meist vergessen waren, freilich Bürgers ›Leonore‹ und Wielands ›Oberon‹ waren dazwischen. Von dem aber, wer eben lebendig aufgetreten war, von den Romantikern, von Uhland, Eichendorff, wurde uns damals nichts gebracht. So kam es, daß ich Uhland, da ich einmal zufällig seinen Namen hörte, ihn stillschweigend zu den mittelalterlichen Minnesängern zählte.« Entwurf einer Tischrede zum siebzigsten Geburtstag.)

1835 Herbst: Abgang von der Gelehrtenschule und Besuch des Katharineums in Lübeck (unter Rektor Friedrich Jacob); Verkehr im Hause des Kaufmanns Christian Adolf Nölting, Bekanntschaft mit Emanuel Geibel. Durch seinen Lübecker Freund Ferdinand Röse lernt Storm Goethes »Faust« kennen, die Lyrik Eichendorffs, Heines »Buch der Lieder«, Uhlands Lyrik.

1836 Storm schickt zu Weihnachten seinen Eltern ein eigenes Gedichtheft (»ein Flügelprüfen ohne Selbständigkeit, nur hervorgegangen aus dem inneren Drange nach künstlerischem Formen und idealer Auffassung des Lebens, nicht aus dem unabweisbaren Drange, ein bestimmtes Inneres gestaltet auszuprägen«).
Bekanntschaft mit der zehnjährigen Bertha von Buchan in Altona bei der Familie Scherff.

1837 April: Immatrikulation an der juristischen Fakultät der Landesuniversität Kiel (»ein Studium, das man ohne besondere Neigung studieren kann«, Brief an Emil Kuh vom 21. August 1873).
Gedichte auf Bertha von Buchan.
Im Herbst (3. Oktober) Verlobung mit Emma Kühl (entlobt am 28. Februar 1838).
Göttingen: Amtsenthebung der sieben gegen den Bruch der hannoverschen Verfassung protestierenden Professoren.

1838 Ostern: Storm folgt dem Freund Ferdinand Röse an die Universität Berlin (mit 1700 Studenten größte deutsche Universität). Im Herbst vierwöchige ›Bildungsreise‹ mit Freunden nach Dresden.

1839 Herbst: Rückkehr an die Universität Kiel. Freundschaft mit den Brüdern Theodor und Tycho Mommsen.

1840 Dänisch wird Amtssprache in Nordschleswig.
Storm veröffentlicht erste Gedichte im »Album der Boudoirs« der Zeitschrift »Europa«, beginnt schleswig-holsteinische Sagen, Märchen und Lieder zu sammeln (mit Theodor Mommsen, 1845 von Karl Müllenhoff allein herausgegeben).

1842 Oktober: Bertha von Buchan weist Storms Heiratsantrag zurück.
Juristisches Examen Mitte Oktober und Rückkehr nach Husum; Arbeit in der väterlichen Advokatur.

1843 Februar: Eröffnung einer eigenen Anwaltspraxis. Beginn der 36jährigen Tätigkeit als Rechtsanwalt, Verwaltungsbeamter, Zivil- und Strafrichter (»Mein richterlicher und poetischer Beruf sind meistens in gutem Einvernehmen gewesen, ja ich habe sogar oft als eine Erfrischung empfunden, aus der Welt der Phantasie in die praktische des reinen Verstandes einzukehren und umgekehrt.« Brief an Emil Kuh vom 21. August 1873).
Frühjahr: Gründung eines Gesangvereins. Publikation des

Liederbuches dreier Freunde zusammen mit Theodor und Tycho Mommsen.

1844 Anfang Januar Verlobung mit seiner Cousine Constanze Esmarch (geb. 1825), Tochter des Bürgermeisters von Segeberg.
Juni: Teilnahme am Nordfriesenfest in Bredstedt.
Gedichte an Constanze; zahlreiche ›schulmeisterliche‹ Brautbriefe.

1845 Herbst: Freundschaft mit dem Amtssekretär Hartmuth Brinkmann; seit November gemeinsame Wohnung in der Neustadt 56.
8. Juli: König Christian VIII. proklamiert in einem ›offenen Briefe‹ das dänische Erbfolgerecht für Schleswig entgegen dem alten Recht der Herzogtümer.

1846 Eheschließung mit Constanze am 15. September in Segeberg.

1847 Liebe zu Dorothea Jensen (geb. 1828), der zweiten Tochter des Husumer Senators Peter Jensen.
Erste Prosaveröffentlichung *Marthe und ihre Uhr* in *Biernatzkis Volksbuch auf das Jahr 1848*. Tod der Schwester Helene nach der Geburt einer Tochter am 10. November am Kindbettfieber (*Einer Toten*).

1848 Im Zuge der 48er Revolution nationaldeutsche Erhebung in Schleswig-Holstein gegen die ›eiderdänischen‹ Pläne einer Annexion Schleswigs durch Dänemark. Ende März ›Provisorische Regierung‹ für Schleswig-Holstein in Rendsburg, vom Bundestag anerkannt (12. April); Truppenunterstützung durch Deutschen Bund und Preußen. Auf Druck Englands und Rußlands schließt König Friedrich Wilhelm IV. von Preußen am 26. August Waffenstillstand mit Dänemark in Malmö; Räumung von Bundestruppen; Auflösung der ›Provisorischen Regierung‹.
Mitarbeit Storms an der »Schleswig-holsteinischen Zeitung«.
Gedichte: *Ostern 1848*, Zyklus *Ein Buch der roten Rosen* (Liebeserlebnis mit Dorothea Jensen), *Oktoberlied.*
Frühjahr: Dorothea Jensen verläßt Husum. Geburt des ersten Sohnes Hans (25. Februar).

1849 Kündigung des Waffenstillstandes durch Dänemark; Fortführung des dänisch-preußischen Krieges. 10. Juli: Zweiter Waffenstillstand (Erstes Londoner Protokoll).
Storm unterzeichnet die Protestresolution der Husumer Bürger an den dänischen Landeskommissar Tillich gegen »Aufhe-

bung bestehender Gesetze, namentlich des Staatsgrundgesetzes«.
Novelle *Immensee*.

1850 2. Juli: Friede von Berlin zwischen Dänemark und Preußen. Schleswig-holsteinische Truppen bei Idstedt am 24. und 25. Juli von den Dänen geschlagen; Schleswig von Dänen besetzt.
Beginn des Briefwechsels mit Eduard Mörike.
Politische Gedichte: *Im Herbst 1850*, *Gräber an der Küste*.

1851 Jahresanfang: Holstein wird von Österreich und Preußen besetzt.
30. Januar: Geburt des Sohnes Ernst.
Storm bekennt sich wiederum zur schleswig-holsteinischen Volksbewegung.
Erste selbständige Buchausgabe *Sommergeschichten und Lieder* bei Duncker in Berlin (auf Empfehlung Paul Heyses).

1852 Zweites Londoner Protokoll am 8. Mai garantiert dänische Erbfolge (Personalunion zwischen Dänemark und Schleswig-Holstein), erkennt das auf der weiblichen Linie beruhende Erbfolgerecht des Prinzen Christian von Glücksburg für Dänemark und dessen Nebenländer an.
Erfolglose Bewerbungen Storms um die Stelle des Bürgermeisters in Buxtehude und um eine richterliche Anstellung im Herzogtum Gotha. Berufsverbot durch die dänische Regierung wegen antidänischer Betätigung. Im Dezember reist Storm nach Berlin, um eine Anstellung im preußischen Justizdienst zu erhalten.
Einführung in den literarischen Verein »Tunnel über der Spree«; erstes Zusammentreffen mit Theodor Fontane. Mitglied im von Franz Kugler gegründeten literarischen Klub »Rütli« (Adolph Menzel, Theodor Fontane, Friedrich Eggers, Paul Heyse u. a.).
Ende 1852 erste Ausgabe der *Gedichte*.

1853 Mitte Februar zweiter Aufenthalt in Berlin. 10. Juni: Geburt des Sohnes Karl. 18. Oktober: Ernennung zum (unbesoldeten) preußischen Assessor; im Dezember Übersiedlung nach Potsdam (Diäten erst seit August 1854).
Ballade *Geschwisterblut* (in einer »Tunnel«-Sitzung scharf abgelehnt, 13. Februar 1853).

1854 Februar: Bekanntschaft mit Eichendorff im Hause Franz Kuglers. Beginn des Briefwechsels mit Paul Heyse. Seit 1854 sechs Rezensionen verschiedener Gedichtsammlungen in der Literaturbeilage des von Friedrich Eggers herausgegebenen »Deutschen Kunstblattes«.

1855 10. Juni: Geburt der Tochter Lisbeth. 15./16. August Besuch bei Mörike in Stuttgart.

1856 Juli: Ernennung zum Kreisrichter; Umzug nach Heiligenstadt auf dem Eichsfeld (oberes Leinetal).
Briefwechsel mit dem Maler Ludwig Pietsch.

1857–63 Freundschaft mit dem Landrat Alexander von Wussow 1858.
Frühjahr 1859: Gründung eines Gesangvereins.
1860: Wiederaufleben der schleswig-holsteinischen Volksbewegung. Politische Gedichte: *Gräber in Schleswig* (24. Januar 1863).
Geburt der Töchter Lucie (1860) und Elsabe (1863).
Dänischer Reichstag nimmt Grundgesetz für Dänemark und Schleswig an (13. November 63), was einer Einverleibung Schleswigs gleichkommt. 15. November 1863: Tod des dänischen Königs Friedrich VII. Nachfolger ist Christian IX. von Schleswig-Holstein-Sonderburg-Glücksburg. Erbfolgefrage und Trennung Schleswigs von Holstein löst den Widerstand der deutschen Nationalbewegung aus. Erhebung des Erbprinzen Friedrich von Augustenburg zum Herzog von Schleswig-Holstein; Treueid einer schleswig-holsteinischen Landesversammlung (Gedicht *Und haben wir unser Herzoglein*).
1859: Anthologie *Deutsche Liebeslieder seit Johann Christian Günther.*
Novellen: *Auf dem Staatshof* (1858), *Im Schloß* (1861), *Auf der Universität* (1862), Märchen (1863–65).

1864 16. Januar: Preußen-Österreichs Ultimatum an Dänemark fordert Rücknahme der Novemberverfassung. Aufgrund der dänischen Ablehnung Krieg zwischen Dänemark, Österreich und Preußen (April: Düppeler Schanzen).
Im Februar Wahl Storms zum Landvogt (oberster Justiz- und Verwaltungsbeamter der demokratischen Selbstverwaltung Husum) durch die Ständeversammlung in Husum; Storm entschließt sich trotz der vom preußischen Justizminister nicht bewilligten Beurlaubung (d. h. der Unmöglichkeit einer Rückkehr in den preußischen Dienst) zur Annahme.
Gesuch um Entlassung aus dem ungeliebten preußischen Ju-

stizdienst; Rückkehr nach Husum am 15. März. Wohnung in der Süderstraße 12.
Wiedereröffnung des Gesangvereins.
Juni: Der auf Annexion der Herzogtümer hinarbeitende Bismarck verhindert die Kandidatur des Herzogs von Augustenburg.
20. Juli: Ende des dänisch-preußisch-österreichischen Kriegs.
30. Oktober: Friede von Wien. Lösung der beiden Herzogtümer aus dem dänischen Staat und aus der Personalunion. Preußen und Österreich verwalten Schleswig, Holstein und Lauenburg zunächst gemeinsam als Kondominium.

1865 Die Gasteiner Konvention vom 14. August bestimmt die Verwaltungsteilung: Schleswig kommt unter preußische, Holstein unter österreichische Verwaltung.
4. Mai: Geburt der Tochter Gertrud (siebentes Kind).
Tod Constanzes am 24. Mai am Kindbettfieber.
Zyklus *Tiefe Schatten*, *Größer werden die Menschen nicht*.
5.–13. September Gast bei Iwan S. Turgenjew in Baden-Baden; Aufnahme in den Kreis um die französische Sängerin Pauline Viadot-Garcia.
Beginn des Briefwechsels mit Turgenjew.

1866 Aufgrund angeblicher Verletzung des Gasteiner Abkommens durch Österreich läßt Bismarck am 7. Juni preußische Truppen in Holstein einmarschieren. Österreichisch-preußischer Krieg. Infolge der österreichischen Niederlage bei Königgrätz (13. Juli) kommen beide Herzogtümer am 24. Januar 1867 an Preußen.
13. Juni: Eheschließung Storms mit der 38jährigen Dorothea Jensen. Umzug in das Haus Wasserreihe 31.

1867 Im Zuge der preußischen Verwaltungsreform Aufhebung des Amtes eines Landvogts; Storm verzichtet auf die besser dotierte, aber politisch exponierte Stelle eines Amtmanns und wird Amtsrichter (mit etwa ⅔ seiner ehemaligen Einkünfte). Storms alte Gegnerschaft gegen das preußische Junkertum verstärkt sich.
Gedicht: *Wer der Gewalt genüber steht* (April 1867).
Bekanntschaft mit Wilhelm Jensen. Besuch bei Klaus Groth in Kiel.

1868 4. November: Geburt der Tochter Friederike.
Erste Ausgabe der *Sämtlichen Schriften* bei Westermann, Braunschweig.

1869 Anthologie *Hausbuch aus deutschen Dichtern seit Claudius*; von Westermann abgelehnt, erscheint 1870 bei Mauke, 2. Auflage 1871, 3. Auflage 1875.

1870 Storm bejaht die nationale Erhebung gegen Frankreich, lehnt aber das Dichten von ›Schutz- und Trutzliedern‹ ab.
Novellen: *In St. Jürgen*, *Eine Malerarbeit*. Autobiographische Schriften *Zerstreute Kapitel*.

1871 Beginn des Briefwechsels mit dem Literaturhistoriker Emil Kuh.

1872 August: Reise nach Salzburg. In München Zusammentreffen mit Paul Heyse, den er bei der Herausgabe des *Deutschen Novellenschatzes* berät.
Novellen: *Draußen im Heidedorf*, *Beim Vetter Christian* (1873).

1874 Ernennung zum Oberamtsrichter. 14./15. September: Tod des Vaters.
Novellen: *Pole Poppenspäler*, *Viola tricolor*, *Ein stiller Musikant* (1875).

1876 August: Reise nach Würzburg zu seinem alkoholgefährdeten Sohn Hans.
Aquis submersus.

1877 Februar: Reise nach Würzburg, um seinen Sohn Hans nach zehnjährigem Studium zur Ablegung des medizinischen Examens zu bewegen. Beginn der Freundschaft mit dem Literaturwissenschaftler Erich Schmidt und des Briefwechsels mit Gottfried Keller.
Carsten Curator.

1878 Reise nach Varel zu seinem Sohn Karl.
Renate.

1879 Ernennung zum Amtsgerichtsrat. Tod der Mutter Lucie Storm (28. Juli 1879).
Im Brauerhause.

1880 Storm läßt sich vorzeitig pensionieren und erwirbt ein Grundstück in Hademarschen.
Die Söhne des Senators.

1881 Mai: Einzug in die ›Altersvilla‹. Besuch Paul Heyses in Hademarschen.
Novellen: *Der Herr Etatsrat*, *Hans und Heinz Kirch*.

1882 Silvester: Erich Schmidt besucht Storm.

1883 Storm erhält den bayrischen Maximiliansorden für Wissenschaft und Kunst.
Schweigen.

1884 Mai: Reise nach Berlin. Letztes Zusammensein mit Fontane, Wiederbegegnung mit Theodor Mommsen. Berliner Schriftsteller veranstalten ein Festessen zu Storms Ehren.
Zur Chronik von Grieshuus.

1885 In Braunschweig Zusammentreffen mit Wilhelm Raabe.
Ein Fest auf Haderslevhuus.

1886 Mai: Reise mit Tochter Elsabe aufs Musikkonservatorium nach Weimar. Besuch bei Erich Schmidt (Direktor des Goethe-Archivs). Oktober bis Februar schwere Lungen- und Rippenfellerkrankung. Tod des Sohnes Hans in Aschaffenburg (5. Dezember).
Novellen: *Bötjer Basch*, *Ein Doppelgänger.*

1887 Aufenthalt auf Sylt. Feiern zum 70. Geburtstag in Hademarschen, Husum (Ehrenbürgerwürde) und Kiel. Feststellung der tödlichen Krankheit (Magenkrebs).
Ein Bekenntnis.

1888 *Der Schimmelreiter* (beendet am 9. Februar).
Tod Storms am 4. Juli. Beisetzung am 7. Juli in Hademarschen ohne kirchliche Zeremonie.

Nachwort

Über Theodor Storm scheint die Opinio communis einhellig zu sein. Was die neueste Auflage des Brockhaus von 1973 über den Novellisten und Lyriker schreibt, unterscheidet sich nur in Nuancen vom Text der vorhergehenden Auflagen (1957, 1934):

Als Lyriker ging Storm von M. Claudius und J. von Eichendorff aus; später trat der Einfluß des befreundeten E. Mörike hinzu. Storms Verse sind durch liedhaft-schlichte Innigkeit und Musikalität, durch Liebe zur nordischen Heimat und durch wehmütige Stimmung charakterisiert. Grundthemen seiner Gedichte sind Landschaft und Heimat, Liebe und Ehe. Die sinnenhafte Hingabe an den Augenblick kontrastiert zur flüchtigen Vergänglichkeit alles Irdischen. Dem gemeinsam mit Theodor und Tycho Mommsen 1843 veröffentlichten »Liederbuch dreier Freunde« folgte 1852 die Sammlung seiner damals im wesentlichen abgeschlossenen Lyrik (»Gedichte«, erw. 1856, 1864, 1885[1]).

Ganz ähnlich lauten die Charakterisierungen in den beiden anderen großen Enzyklopädien, im Meyer und im Herder. Die Einschätzung Storms in der Gegenwart – das belegt ein Blick in vielbenutzte zeitgenössische Literaturgeschichten wie Fricke/Schreiber oder Martini – trägt bereits die Züge eines Klischees, eines stereotypen Urteils mit zwar austauschbaren, im Kern jedoch festgelegten Kriterien. Die Adjektive »stimmungshaft«, »wehmütig«, »weich«, »schlicht« und »innig« bezeichnen dabei die Wesensart der Stormschen Lyrik, die Schlagworte »fehlender Bezug« zu »übergreifenden objektiven Problemen und Erfahrungsbereichen«, bloße »Selbstaussage«, »Heimatverbundenheit«, umreißen den (begrenzten) Umfang ihrer Themen, wobei das Bonmot »Sein Genre ist nicht groß, aber er ist groß in seinem

1 Storms *Gedichte* erreichten zu seinen Lebzeiten sieben Auflagen: Kiel [1]1852, [2]1856, [3]1859 (nur Titelauflage), Berlin [4]1864, [5]1875, [6]1880, [7]1885.

Genre«[2] den hohen Rang dieser Gedichte im selbstgesteckten Bereich andeutet.
Nach der anfänglichen Vernachlässigung des Lyrikers gegenüber dem Novellisten hat sich das ›Urteil der Nachwelt‹ allmählich darauf eingependelt, Storm den Lyriker ebenso wie den Epiker zu den nicht mehr umkämpften, den fast neutralisierten ›Provinzklassikern‹ zu stellen. Storm ist vielleicht der beliebteste dieser Reihe; seine Lesegemeinde breitet sich sogar über die ›Neue Welt‹ aus. Diese Hochschätzung war Storm nicht schlagartig zuteil geworden. Zu Lebzeiten stand der Lyriker immer im Schatten Emanuel Geibels, dessen Sammlung *Gedichte* (1840) neben Friedrich von Bodenstedts *Liedern des Mirza Schaffy* das erfolgreichste Gedichtbuch des Kaiserreichs gewesen war. In der repräsentativen *Deutschen Litteraturgeschichte* von Robert König ([23]1893) sind dem Lyriker Storm ganze sechs Zeilen gewidmet, während Geibels Lyrik auf zwölf Seiten gewürdigt wird. König kennt nur die ›seelenvolle‹ Seite von Storms Lyrik; die populäre *Geschichte der Deutschen National-Litteratur* ([26]1905) von A. F. C. Vilmar dagegen hebt neben den stimmungshaften Zügen die politisch-vaterländische Seite hervor; den anderthalb Seiten über Geibels Lyrik steht bei ihm immerhin schon eine halbe Seite über den Lyriker Storm gegenüber. Die endgültige Abwertung Geibels und die Aufwertung Storms vollzog sich nach dem Zusammenbruch des kaiserlichen Deutschland. Nun stellte es sich heraus, daß Geibel mit seinen frühen Gedichten ein klassizistischer Epigone der Romantiker gewesen und mit seinen späteren, politischen Gedichten allzu eng an die Geschicke des Kaiserreichs gebunden war. Storm aber, auf seine Husumer Welt begrenzt, hatte eine nur ihm gehörende Aussageweise, einen ›eigenen Ton‹ gefunden, dessen Rang mit wachsender zeitlicher Distanz immer deutlicher hervortrat, indes die Verse seiner viel berühmteren deutschen

2 August Viedert in: *St. Petersburger Nachrichten*, 14. 1. 1856. Zitiert nach: Hartmut Vinçon, *Theodor Storm in Selbstzeugnissen und Bilddokumenten*, Reinbek: Rowohlt, 1972, S. 174.

Zeitgenossen wohl aufgrund ihrer stärkeren Verhaftung an die Mode weitgehend die Wirksamkeit einbüßten. Dieser Meinung begegnet man in zahlreichen literarischen Untersuchungen: sie bestätigt im Grunde nur die von Storm selbst oftmals ausgesprochene Ansicht, er sei nach (dem etwas älteren) Mörike der bedeutendste deutsche Lyriker seiner Zeit, jedenfalls bedeutender als der weit überbewertete Geibel.
Die hohe Selbsteinschätzung dokumentiert sich in zahlreichen Briefen. Am 11. Juli 1868 schreibt er an Klaus Groth, anläßlich eines Artikels von Wilhelm Jensen über *Schleswigholsteinische Dichter* (*Allgemeine Zeitung*, Beilage vom 4. bis 7. Juni 1868):

Ich glaube allerdings den Anspruch erheben zu können, daß ich von allen, die in dem letzten Vierteljahrhundert (Freiligrath, Geibel sind früher) mit lyrischen Dichtungen in die Literatur *ein*getreten sind, der einzige bin, der [...] überhaupt in Betracht kommen kann.[3]

Besonders von dem ungleich populäreren Geibel grenzt sich Storm in den Briefen der achtziger Jahre ab. So heißt es in dem Brief vom 14. Juli 1884 an Gottfried Keller:

Geibel den Menschen habe ich allzeit hochgestellt, den Dichter nur sehr bedingt anerkennen können; ich gebe nicht mein »Oktoberlied« für seine ganze Lyrik, d. h. eigentliche Lyrik. Das klingt freilich sehr hochmütig und darf nicht verraten werden. Bei seinem Tode schrieb ich den schlechten Vers in mein Notizbuch:

Die Form war dir ein goldner Kelch,
In den man goldnen Inhalt gießt –
Die Form ist nichts als der Kontur,
Der einen schönen Leib beschließt.[4]

3 Theodor Storm: *Briefe*, hrsg. von Peter Goldammer, 2 Bde., Berlin/Weimar: Aufbau-Verlag, 1972, Bd. 1, S. 531 f. Nach dieser Ausgabe werden die Briefe zitiert unter der Sigle: Briefe I bzw. II.
Briefe ähnlich lautenden Inhalts hat Storm auch an Georg Westermann (Juli 1868), Klaus Groth (3. 1. 1862) und Ada Christen (5. 1. 1870) geschrieben.
4 Briefe II,295.

Und ganz ähnlich äußert er sich am 13. Juli desselben Jahres in einem Brief an den Literaturhistoriker Erich Schmidt; hier bekennt er auch, es ärgere ihn »ein wenig, daß alles so auf die Trommel« schlage, und er fährt fort:

Wenn Sie mir sagen: »Ihre Eigenliebe ist verletzt«, so antworte ich Ihnen offen: »Ja, auch das ist dabei.« Man klagt über den Tod des letzten Lyrikers und weiß nicht oder ignoriert, daß einer lebt, der wirklich der letzte war. Davon kann mich, was ich an Lyrik nach mir gesehen, auch nicht abbringen.[5]

Ebenso bekennt er gegenüber dem Literaturhistoriker Karl Emil Franzos (Brief vom 22. 7. 1886):

[...] die Welt hat eigentlich nicht einmal eine Ahnung, daß es seit Dezennien in Deutschland keinen Lyriker mehr gibt; ich muß Ihnen sagen, was ich nicht gern sage und nicht nachzusagen bitte, daß ich, was ich einst in der Lyrik leistete, recht hoch anschlage. Ein Urteil über Lyrik ist das Seltenste, was es gibt. Bei 99/100 des Publikums steht als Lyriker Em. Geibel wie ein Riese über mir, den ich stets in dieser Beziehung für höchstens zweiten Ranges angesehen habe.[6]

Storms hohe und sicherlich nicht uneitle Selbsteinschätzung, die noch in der nur fragmentarisch erhaltenen Rede anläßlich der Feier seines siebzigsten Geburtstages als erbitterter Ausbruch über das lange Verkanntsein sich kundtut und peinliches Befremden der Gäste auslöst,[7] hat ein eher wohlmeinender Zeitgenosse, Wilhelm Raabe, auf das rechte Maß gebracht, wenn er dem gemeinsamen Freund Wilhelm Jensen über den »großen Husumer« schreibt:

Der legte Pole Poppenspäler in die eine Waagschale und die übrige Literatur der zweiten Hälfte des 19. Jahrhunderts in die

5 Briefe II,298.

6 Briefe II,362 f.

7 »Entwürfe einer Tischrede zum siebzigsten Geburtstag«, in: Theodor Storm, *Sämtliche Werke*, hrsg. von Peter Goldammer, Bd. 4, Berlin/Weimar: Aufbau-Verlag, [3]1972, S. 537–541; vgl. dazu den Bericht von Wilhelm Jensen, abgedruckt in: ebd., S. 692 f.

andere und letztere schnellte bis an die Decke in die Höhe – die Decke seiner Stube in Hademarschen meine ich.[8]

Das Wesen eines Menschen, besagt ein geflügeltes Wort, sei an dem Umgang, den er pflege, zu erkennen. Ähnlich verhält es sich mit der lyrischen Produktion Storms und den sie begleitenden theoretischen Betrachtungen. Beide lassen sich ohne sonderliche Mühe erschließen aus den Vorlieben und Abneigungen, die Storm gegenüber den dichtenden Zeitgenossen und gegenüber der lyrischen Tradition hegte. Letztere handelt Storm in der Vorrede zu den *Deutschen Liebesliedern* auf parteiische Weise ab, die ihn als Anhänger einer von Claudius, Bürger und Goethe gestifteten Tradition zeigt: sie hätten »zuerst für den Ausdruck des Naturlautes auch die nationale Kunstform« gefunden. Klopstock etwa habe noch keine »Weise« gefunden, »welche das Ohr der Nation zu behalten vermocht hätte«. Die Dichter der Romantik werden im allgemeinen verworfen, es fehle die »klare Gestaltung« (Arnim), das Gedicht sei »wesentlich von der Melodie gemacht« (Brentano), das Naturgefühl komme »selten über ein zusammenhangloses Stammeln hinaus« (Tieck), oder in den »improvisierten Liedern« Eichendorffs etwa sei die »herrschende Grundstimmung zu mächtig, um ein bestimmtes einzelnes Gefühl zur Geltung kommen zu lassen«.[9] Erst seit Uhland erlange das »Beispiel des Volksliedes und der Goetheschen Liederdichtung« eine »reine Wirkung«. Besonderen Anteil an der Fortbildung dieses Liedtypus habe die Lyrik Heines genommen.

Er, wie wenig andere, hat gezeigt, was die einfachsten Worte vermögen, sobald nur die rhythmische Weise dazu gefunden ist; er erhob – man gestatte den Ausdruck – das »Stimmungsgedicht«

8 *»In alls gedultig«. Briefe Wilhelm Raabes (1842–1910)*, hrsg. von Wilhelm Fehse, Berlin: Grote, 1940, Brief an Wilhelm Jensen, 13. 2. 1904, S. 368 f. Ähnliche Urteile Raabes finden sich in den Briefen von 1890 an Edmund Sträter (S. 246, 249) und Wilhelm Jensen (S. 248).

9 Vorrede zu den *»Deutschen Liebesliedern«*, in: Theodor Storms *Sämtliche Werke*, hrsg. von Albert Köster, Bd. 8, Leipzig: Insel Verlag, 1924, S. 107–109.

zu einer eigenen Gattung, indem er mit einem seltenen Sinn für das Wesentliche den Hörer in eine das Gemüt ergreifende Situation versetzt und ihn dann schweigend diesem Eindruck überläßt; er macht es um uns tagen und Abend werden und erfüllt unser Herz mit dem ganzen Eindruck, den wir in der günstigsten Stunde von der Natur selber hätten empfangen können.[10]

Aus diesen kurzen Charakterisierungen geht bereits hervor, worauf Storm besonderen Wert gelegt hat, die »Fähigkeit der Formgebung«, die den Dichter vom Denker unterscheide. Dabei denkt Storm nicht an die Erfüllung einer vorgegebenen äußeren Form, sondern an die unverwechselbare innere Formung. Indessen nuancieren manche brieflichen Äußerungen die öffentlich bekundete Einschätzung; privat rühmt Storm verschiedentlich Dichter der Romantik; sein privates Urteil über Goethe weicht vom ›offiziellen‹ gravierend ab, so schreibt er am 25. Mai 1868 an Theodor Fontane:

Goethe ist z. B. nach meiner Meinung, die wenigen kleinen vielgerühmten Sachen ausgenommen, noch ein rechter Schüler, weit ab vom Meister, in der Lyrik; in fast allen lyrischen Gedichten finden sich Stellen, wo er sich quält, wo er entweder über den Ausdruck oder den Gedanken nicht Herr ist oder wo ihm Empfindung und Anschauung ausgegangen ist. Die alte Goethe-Anbetung [...] stammt aus einer Zeit, wo unsre Lyrik noch in den Windeln lag; und so hat auch Goethe sich erst mühsam aus dem konventionellen Bann hervorgearbeitet; er ist aber nur in sehr kleinen Proben der Sache Herr geworden. [...] Goethe hatte, wie die Dichter vor ihm, noch nicht Fähigkeit und Bedürfnis, sein *tiefstes* und mächtigstes Gefühl in lyrischen Gedichten [...] auszusprechen; es sind noch *meistens*, wie derzeit auch in der Musik, *Lieder*, nicht Gedichte, die man aus innerer Notwendigkeit zur Selbstbefreiung [...] aus sich herausprägt; sondern Lieder, die man in dem Bewußtsein macht, daß sie nachmittags in der Kaffeegesellschaft am »buntbeblümten Pantalon« gesungen werden.[11]

10 Ebd., S. 110.
11 Briefe I,526.

Der ausführlich zitierte Passus signalisiert in den Kriterien der geübten Kritik Storms Postulat echter Lyrik: das tiefste Gefühl des Ichs in eigengeprägter Form auszusprechen. Dieser Normkategorie bedient sich Storm bei der Beurteilung der dichtenden Zeitgenossen. Ganz kurz sei sein Verhältnis zu den beiden Antipoden Heine und Platen, zu Eichendorff und zu den unmittelbaren Zeitgenossen Freiligrath, Heyse, Keller, Meyer und Mörike charakterisiert.
In mehreren Briefen berichtet Storm über Einflüsse verschiedener Dichter auf seine eigene Jugendproduktion. Auf dem Lübecker Gymnasium lernte er Goethes *Faust*, Heines *Buch der Lieder* und Eichendorffs *Dichter und ihre Gesellen* kennen, später die übrigen Werke Eichendorffs und die Gedichte Mörikes.[12]

Daß ich meine Schulmeister habe wie alle andern, ist gewiß; doch dürfte es dem Referenten schwer werden, außer dem in meiner Studentenzeit geschriebenen »Das Harfenmädchen« (»Das war noch im Vaterstädtchen« etc.) ein auch nur an Heine anklingendes Lied zu finden, oder welches denn? Die aus derselben Zeit stammenden »Fiedellieder« sind unter Eichendorffs Einfluß, das etwas spätere »Die Katzen« unter Mörikes, das nicht besonders gute Gedicht »O bleibe treu den Toten« ist durch eine zufällige Anregung des Freiligrathschen »O lieb, solang« entstanden. Die der höchsten Entwicklung meines Talents angehörenden Lieder: »Oktoberlied«, »Heute, nur heute«, »Es ist so still«, »Hier an der Bergeshalde«, »Die Nachtigall«, »Schließe mir die Augen beide«, »Das aber kann ich nicht ertragen«, »Auf dem Segeberg«, »Abschied«, »Für meine Söhne«, »Du warst es doch«, »Klingt im Wind ein Wiegenlied« etc., tragen nur das Gepräge meiner Persönlichkeit, soweit dies bei dem Streben nach reiner Schönheit überall möglich ist.[13]

12 Vgl. Briefe II,60, an Ada Christen, 2. 3. 1873; Briefe II,70, an Emil Kuh, 13. 8. 1873; »Entwürfe einer Tischrede zum siebzigsten Geburtstag«, in: Storm, *Sämtliche Werke* (vgl. Anm. 7) IV,537–541.
13 Briefe II,32, an Ada Christen, 23. 7. 1871; vgl. auch Briefe II,8, an Ada Christen, 5. 1. 1870. Über Eichendorffs Einfluß vgl. Briefe I,229 f., an Johann Kasimir Storm, 24. 2. 1854, und Briefe II,53, an Emil Kuh, 22. 12. 1872.

Seiner eigenen Anschauung von Lyrik standen Eichendorff, Heine und besonders Mörike nahe. Heine, den er im April 1853 als den »Dichter meiner Jugend« bezeichnet, gilt ihm zeitlebens als der größte Meister des Liedes; er zitiert ihn immer, wenn er die innere Form eines Gedichtes gegen die äußerliche, metrische Form ausspielen will. Anläßlich einer literarischen Standortbestimmung Geibels bemerkt Storm gegenüber dem Literaturhistoriker Erich Schmidt (Brief vom 24. 8. 1884):

Übrigens, welche Verlotterung hatte Geibel abzuwehren? Er kämpfte in seiner begeisterten Borniertheit für Platen gegen unsern größten lyrischen Formkünstler Heinrich Heine; ich kann nichts dafür, daß er ein Jude war. Sehen Sie den ganzen Platen mit seiner äußerlichen Form durch, die nicht Umriß (Kontur) des Körpers, sondern ein steifer Topf ist, in den man die Grütze hineingießt, und wenn Sie einen einzigen Vers darin finden können, der von der tiefen Formschönheit ist wie: »Die Luft ist kühl und es dunkelt [. . .]« – so, etc.
Das solltet Ihr Literaturhistoriker bedenken, die Ihr immer wieder auf jene dumme, tote, wert- und wirkungslose Form zurückkommt.
Sehr einzelne Male hat Geibel auch die bessere. Geibels »strenges Maß« taugt nichts, weil es kein Leben hat. Heines Lyrik hat das strengste und lebendige Maß. Das andre ist Aushülfe der Pauvreté; nur Hölderlin steht einzig da.[14]

Storm spielt Heine gegen Platen aus, der ihm als Vertreter einer metrischen, schematisch starren Lyrik gilt. Zwar würdigt er in ihm einen »Meister« der äußeren Form;[15] doch wesentlich ist für Storm die innere Bewegung, der Rhythmus und die Musikalität eines Verses. Die verehrende Wertschätzung, die Storm der Dichtung Mörikes entgegenbringt, erklärt sich aus dieser lyrischen Norm; ihn, den nur von einer kleinen Gemeinde Gewürdigten, stellt er sogar über sich selbst:

14 Briefe II,300.
15 Briefe I,138, an Hartmuth Brinkmann, 6. 4. 1851.

Von den *lebenden* Lyrikern respektiere ich *gründlich* nur *einen*: Eduard Mörike; und der ist mehr als ich.[16]

Erst nach Mörikes Tod (1875) hat Storm den Rang des ersten Lyrikers für sich reklamiert. Es klingt ihm 1853 sehr schmeichelhaft, wenn Fontane seine Lyrik in die Nähe der Mörikeschen Dichtung rückt:

Fontane erweist mir zuviel Ehre, wenn er mich so nah an Mörike stellt; denn Mörike ist in einer Beziehung selbst von den größten Poeten, Goethe nicht ausgenommen, ganz unerreicht; keiner hat so wie er neben der Tiefe des Gedankens auch die *Tiefe des Ausdrucks* und einen so wunderbar notwendigen Zusammenhang zwischen beidem.[17]

Fontane situiert Storms Lyrik zwischen Heine und Mörike, und Storm stimmt dieser Einordnung zu:

Gewiß haben Sie recht, wenn Sie mich – im übrigen sans comparaison mit diesen beiden großen Lyrikern – *zwischen* Mörike und Heine stellen; denn wenn ich auch mit Mörike die Freude am Stilleben und Humor, mit beiden annäherungsweise die Simplizität des Ausdrucks gemein habe, so rückt mich doch die große Reizbarkeit meiner Empfindung wieder näher an Heine.[18]

Von dieser Selbsteinstufung her erklärt sich auch Storms Haltung gegenüber den einst geschätzten und den noch heute anerkannten Dichtern seiner Zeit; gegenüber Paul Heyse, Gottfried Keller, Conrad Ferdinand Meyer, Annette von Droste-Hülshoff und Emanuel Geibel. Mit Paul Heyse und Gottfried Keller war Storm befreundet; insofern hält er sich bei ihrer lyrischen Produktion mit allgemeinen Urteilen zurück. Er machte indes kein Hehl aus seiner Ansicht, daß Heyses Lyrik »mehr vom Geiste als von der Empfindung aus geschrieben« sei;[19] ein von Keller gelobtes

16 Briefe II,9, an Ada Christen, 5. 1. 1870.
17 Briefe I,195, an Friedrich Eggers, 3. 7. 1853.
18 Briefe I,203, an Theodor Fontane, 25. 7. 1853.
19 Briefe II,294, an Gottfried Keller, 8. 6. 1884.

Gedicht Heyses hält er zwar für »recht schön«, schränkt die Zustimmung jedoch sogleich durch den Nachsatz ein: »... aber es berührt uns doch nicht, als ob es in ungehindertem Strom aus dem Urquell geflossen sei; ich fühle die Arbeit.«[20] Und ihm selber gibt er zu bedenken, die »Lyrik auf eigne Faust« sei eigentlich nicht seine Sache.[21] Unter Kellers Gedichten schätzt Storm einige »Perlen«; er hat ausgesprochene »Lieblinge«[22], etwa das berühmte *Abendlied*, das ihm das »reinste Gold der Lyrik«[23] zu sein dünkt. Annette von Droste-Hülshoff, damals erst wenig ins Bewußtsein der poetischen Zunft gedrungen, gilt ihm »von allen dichtenden Frauen« immerhin als »die respektabelste poetische Kraft«, freilich mit der Einschränkung, daß »auch hier die letzte Vollendung« fehle. Dennoch: »Der poetische ›Instinkt‹ ist enorm und doch auch vieles trefflich durchgeführt.«[24]

Man sieht, daß Storms Beurteilungen auf den beiden Polen ›poetischer Instinkt‹ und ›Formungskraft‹ beruhen. Die formlose Empfindung allein genügt nicht, allerdings ebensowenig die bloße Gestaltung ohne Ursprung im Empfinden und ohne Appell an die Gefühle des Lesers. Diese Komponente zeigt sich deutlich in Storms Einschätzung der Lyrik Conrad Ferdinand Meyers. In seinem Brief vom 30. Dezember 1881 an Storm kommt Gottfried Keller auf die Verdienste und Skurrilitäten Meyers zu sprechen; der sich selbst eher als Epiker einstufende Keller erblickt Meyers Bedeutung »in seinen lyrischen und halb epischen Gedichten«. Sammle Meyer diese, so werde es »wahrscheinlich das formal schönste Gedichtbuch sein, das seit Dezennien erschienen ist«.[25] In für ihn bezeichnender Umdeutung des Kellerschen Ausdrucks erwidert Storm am 3. Januar 1882, er

20 Briefe II,330, an Gottfried Keller, 7. 8. 1885.
21 Briefe II,290, an Paul Heyse, 2. 4. 1884.
22 Briefe II,286, an Gottfried Keller, 22. 12. 1883.
23 Briefe II,177, an Gottfried Keller, 20. 9. 1879.
24 Briefe II,10, an Ada Christen, 30. 1. 1870.
25 Briefe II,464.

habe von Meyer bisher nur ein »kaltes klangloses Gedicht ›Einer Toten‹« gesehen:

Ein *formell* schönes Liederbuch haben wir auch schon aus Leutholds, des Armen, Nachlaß; aber, wie er selbst sagt, ihm fehlt das »Tirili«, der schmackhafte Herzschlag, mit dem auch die Lerche ihr Lied herausjubelt und die Nachtigall es herausklagt; und wo der nicht ist, fehlt auch der volle Klang, ohne den ich keine Lyrik anerkenne.[26]

Die Diskussion über den Wert der Meyerschen Lyrik führt Storm mit den gleichen Argumenten im Briefwechsel mit Heyse fort. Ihm schreibt er am 7. Juli 1882:

Den qu. Meyer überschätzen aber Du und Keller als Lyriker; er kommt doch vom »Gemachten« nicht los; ihm fehlt für die eigentliche Lyrik das echte »Tirili« der Seele. Ich entnehme das aus den 12 Gedichten, die ein mir von Keller geschicktes Heft zum Besten eines Kinderspitals enthält.[27]

Heyse wendet sich in seiner Antwort vom 17. Juli grundsätzlich gegen die einengende Lyrik-Auffassung Storms:

Der Lyrik aber ziehst Du doch wohl zu enge Grenzen, Liebster, wenn Du sie auf die Naturlaute der Seele beschränken willst. Es ist, als wolltest Du nur die Gewächse zu den Blumen rechnen, die Duft haben, wobei Georginen, Astern, Sonnenblumen, Kamelien und andere Kinder Gottes übel wegkämen, oder als Wein nur anerkennen, was eine Blume hat. Wie viel leidenschaftliche Konfessionen starker und tiefer Herzen klingen durch die Welt und rühren an unser innerstes Empfinden, ohne daß man jenes »Tirili« in ihnen zu entdecken vermöchte! Der ganze Byron! Und von unsern eigenen Größten soviel Unvergängliches, das wie ein intimes Selbstgespräch zwischen Betrachtung und Gefühl in der Mitte bleibt. Ich weiß nicht, welche Gedichte von C. F. Meyer Dir gerade vorliegen. Doch scheinen mir auch die geringeren echte Lebensäußerungen, und wenn nicht alles aus dem Herzen entsprungen ist, gehört's doch wohl jenem Reiche

26 Briefe II,236.
27 *Theodor Storm – Paul Heyse, Briefwechsel*, Krit. Ausg., Bd. 3 (1882–1888, hrsg. von Clifford Albrecht Bernd, Berlin: Schmidt, 1974, S. 28.

an, das alles umfaßt, was »in Kopf *und* Herzen schwirrt«. Freilich ist unser Meister Gottfried noch ein ganz anderer Mann.[28]

Die Polarität Kopf–Herz bringt gewiß ein verzerrendes Moment in die Stormschen Vorstellungen und Postulate; Storm geht in seiner Antwort vom 20. Juli auf diese vereinfachende Kategorisierung nicht ein, doch bleibt er in der eigenen Auffassung unbeugsam:

Mit Ferd. Meyer, das wollen wir abwarten; ich fasse, was ich von der Lyrik im weitern Sinn verlange, auch nicht so eng, als wozu mein etwas kleinlicher Ausdruck verleiten konnte; aber, was die Lyrik im engsten Sinn erfodert, daß die Empfindung die *Arbeit* ganz beherrsche, das muß ich auch bei der im weitern Sinn verlangen.[29]

Im Anschluß an die von Keller erwähnte Sammlung der Meyerschen Gedichte kommt Storm am 22. Dezember 1882 auf seine frühere Äußerung mit derselben Formulierung zurück, wenn er Kellers Begriff »Gedichtbuch« seinerseits in den Begriff »Liederbuch« umwandelt:

Wenn Sie aber früher meinten, der Band werde eins der formell schönsten *Lieder*bücher werden, so werden Sie jetzt, wo es vorliegt, wohl anders denken. Ein Lyriker ist er nicht; dazu fehlt ihm der unmittelbare, mit sich fortreißende Ausdruck der Empfindung oder auch wohl die unmittelbare Empfindung selbst. Sie muß bei ihm erst den Weg durch den Stoff nehmen, dann tritt sie oft überraschend zutage, so in dem Gedichte »Die gezeichnete Stirn«, auch trefflich zum Vorlesen.[30]

Dezidierter noch klingt die Kritik an Meyer gegenüber dem unbefangeneren Paul Heyse (Brief vom 9. 1. 1883):

Bei Meyer hoffe ich noch das Gedicht zu finden, was mich ganz gefangennimmt; ich fühle noch überall etwas zuviel Absicht und Arbeit.[31]

28 Ebd., S. 29.
29 Briefe II,251.
30 Briefe II,262.
31 Briefe II,267.

Storms Urteile über deutsche Lyriker der Vergangenheit und seiner Gegenwart lassen indirekt seine eigene Poetik ablesen; sie enthalten seine ›angewandte‹ Theorie. Peter Goldammer befindet:

Fraglos ist Storms Theorie der lyrischen Dichtung von einer geradezu bornierten Enge und Einseitigkeit. Die Gedichte Schillers und Hölderlins, aber auch ein beträchtlicher Teil der Lyrik Goethes und Heines lassen sich darunter sowenig subsumieren wie die lyrischen Werke Freiligraths und Herweghs, Gottfried Kellers oder Conrad Ferdinand Meyers. Storms Definition der Erlebnislyrik als »Naturlaut in künstlerischer Form« bezeichnet genau Wesen und Grenzen seines eigenen lyrischen Schaffens. Wo er sie auf fremde Werke zu übertragen versucht – praktisch in seiner »kritischen Anthologie«, dem »Hausbuch aus deutschen Dichtern seit Claudius«, theoretisch zum Beispiel in der Ablehnung von Kellers lyrischem Gesamtwerk –, erweist sie sich als Hemmnis einer gerechten ästhetischen Würdigung.[32]

Dem ist sicher zuzustimmen; wie auch Goldammers Versuch, diese starre Haltung zu erklären. Storms »Festhalten am *Erlebnis* als dem Ursprung lyrischen Dichtens« sei eine Art »Verteidigung der Poesie« (Johannes R. Becher) gegenüber dem klassizistischen Epigonentum der Gründerzeitlyrik gewesen. Diese These würde auch die Ausklammerung ›hoher‹ lyrischer Formen, etwa von Hymnen und Oden oder von Gedankendichtung miterklären, da gerade diese scheinbar objektiven Formen von den Zeitgenossen in rein veräußerlichter Weise, vor allem zu nationalen Zwecken und zu Fürstendienerei, verwendet worden waren. Auf das eigene Werk angewandt, lassen sich die Normen, an denen die fremde Lyrik gemessen wird, als Leitbilder und Ideale aufweisen. Eine explizite Theorie hat Storm zwar nicht ausgebildet, doch hat er mehrfach seine an Lyrik gestellten Postulate in abstrakter, von konkreten Anlässen gelöster Weise ausgesprochen, sowohl in den Vorreden zu den von ihm herausgegebenen Gedicht-Anthologien und in verschie-

32 Storm, *Sämtliche Werke* (vgl. Anm. 7) I,33; vgl. auch Harro Müller, *Theodor Storms Lyrik*, Bonn: Bouvier, 1975, S. 19–31.

denen Rezensionen zeitgenössischer Gedichtbücher als auch in zahlreichen Briefen. Einen Auszug aus diesen Zeugnissen enthält die vorliegende Auswahl.
Storm verlangte von Lyrik liedhaften, von Empfindung erzeugten und ›Stimmung‹ bewirkenden Charakter; innere Melodie, ›Naturlaut‹ und eigentümlicher Rhythmus galten ihm als die obersten Formprinzipien des Verses. Mit dieser einseitigen Theorie, die Lyrik weitgehend auf erlebnishaft begründete Lieddichtung reduzierte, steht Storm im Gegensatz zu all jenen Dichtern, die der Lyrik auch gebaute, metrisch und rhetorisch gefügte, ja ›gemachte‹ Gedichte zuordneten. Es sind vor allem die Dichter der sogenannten harten oder rauhen Fügung, einer Tradition, die seit der Odendichtung Klopstocks von der liedhaften Lyriktradition getrennt werden muß. Wolfgang Kayser charakterisiert die beiden Traditionen, indem er auf der einen Seite »das Lied mit seinem schwingenden, schwebenden Rhythmus, das zur Vertonung drängt«, absetzt von dem Sprechvers auf der anderen Seite, »in dem bewußt und durchdacht gesprochen wird von Spannungen, die der Sprechende empfindet«.[33] Folgt man Kaysers Konzeption der deutschen Versgeschichte, die sich zwischen den beiden Polen ›flüssiger Rhythmus‹ und ›bauender Rhythmus‹ bewegt, so tendiert Storm zum Pol des fließenden Rhythmus.
Die Lyriker des ›bauenden Rhythmus‹, Klopstock, Hölderlin, Uhland, Chamisso (teilweise), Platen, Meyer, Stefan George, fügen ihre Worte gleichsam plastisch nach rhythmisch-metrischem Gesetz. Bei ihnen finden sich daher besonders häufig die metrisch fixierten antiken und romanischen Strophenformen wie Oden, Distichen, Sonette, Stanzen, Terzinen u. a. Die Vorbilder dieser Tradition stammen aus der Antike oder aus dem mittelmeerisch-romanischen Kulturkreis: griechisch-lateinische Lyrik, italienische Renaissancedichtung, spanische Barocklyrik und Lyrik des französischen Symbolismus.

33 Wolfgang Kayser, *Geschichte des deutschen Verses.* Zehn Vorlesungen für Hörer aller Fakultäten. Bern/München: Francke, [2]1971, S. 49.

Den Lyrikern des ›fließenden Rhythmus‹, Matthias Claudius, Goethe (teilweise), Brentano, Eichendorff, Heine, Mörike (teilweise), gilt weniger das einzelne sinnschwere Wort, aus dem sich die (meist hypotaktisch gegliederte) Syntax aufbaut, als vielmehr die Melodie, in die sich die Worte einpassen, als verskonstituierende Größe. Die Dichter der ›glatten Fügung‹, der sangbaren, musikalischen, liedhaften Ausprägung greifen stärker auf einheimische Strophenmuster zurück. Die Zuordnung Storms in diese Tradition bestätigt sein seltener Gebrauch komplizierter vorgegebener Vers- und Strophenmaße wie Distichon, Stanze, Gasel, Ritornell oder Sonett, die er zwar formal meistert, die aber seinem Ideal einer »organischen Form«[34] nicht entsprechen. Antike Strophenmaße begegnen nur in der konventionellen Jugendlyrik; die 1871 gedichteten distichischen Elegien *Constanze* hat Storm nicht in die endgültige Ausgabe seiner Gedichte aufgenommen; ›Gedanke und Anschauung‹ schienen ihm hier nicht genügend ausgeprägt zu sein. Seine eigentümlichsten Gestaltungen liegen im wesentlichen auf dem Gebiet der einfachen Formen, die ihm zu rhythmisch-musikalischer Individualisierung größere Freiheit gewähren als metrisch streng normierte Gebilde, also in Vierzeilern und Zweizeilern mit gelegentlicher freier Senkungsfüllung. Storm selbst hat sich ja als Schlußglied dieser von Goethe ausgehenden Entwicklungsreihe gesehen und sich als letzten Vertreter der ›reinen‹, den ›Naturlaut‹ mit rhythmisch-klanglichen Mitteln gestaltenden Lyrik bezeichnet.[35] So ist besonders für sein Schaffen der fruchtbaren mittleren Phase (1844–67) die liedhaft-musikalische Natur- und Liebeslyrik typisch, während die balladenartigen Gedichte sich fast zu bewußt um Anempfindung an den Volks-

34 Franz Stuckert, *Theodor Storm. Sein Leben und seine Welt*, Bremen: Schünemann, 1955, S. 225.
35 Ebd., S. 227. Auf dieser Selbsteinschätzung basiert auch die eindringliche Würdigung Storms durch Georg Lukács, in: G. L., *Die Seele und die Formen*, Berlin 1911, Neuausgabe Neuwied/Berlin: Luchterhand, 1971, S. 82–116, v. a. S. 115.

liedton bemühen. Mit ihrer Sangbarkeit, ihrer fehlenden Härte, Lapidarität und Dramatik, ihrer Betonung des Seelisch-Subjektiven und ihrer Stimmungsmalerei weisen sie direkt auf die Dichtung der Romantik zurück, auf die Sammlung *Des Knaben Wunderhorn*, auf die Balladen Brentanos, Eichendorffs und Heines.

In den besten Gedichten dieser Zeit überwindet Storm das subjektiv-bekennerische Moment, das rein Stimmungshafte birgt sich in der Objektivation und »läßt die Stimmung erst aus der reinen Gegebenheit des Gegenständlichen herauswachsen«.[36] In einem Briefentwurf von 1860 formuliert er die Intention dieser Gedichte, die nicht verschwommene Stimmung in Worte kleiden, sondern gerade durch ganz individualisierte Gegenständlichkeit erst Stimmung erzeugen sollen:

Das was meiner Dichtung, wie ich glaube, zum Teil ihren Wert gibt und ihre Wirkung bedingt, ist die *strenge Simplizität* des Ausdrucks und die *Objektivität*, d. h. Gegenständlichkeit der Darstellung. Ich habe immer dahin gestrebt, die Sache selbst, nicht aber zugleich ihre *Wirkung* auf das Gemüt des Lesers auszudrücken; letztere muß sich vielmehr von selbst ergeben.[37]

Indes wäre es unrichtig, die gesamte Dichtung Storms dem liedhaften Genre (im weiteren Sinn) zuzuordnen. Das ohne unmittelbare Vorbilder von ihm persönlich entwickelte unstrophische, aus Blankversen gebildete Gedicht ist zweifellos Sprechdichtung und gehört eher zum architektonischen Typus. In ihm entwickelt Storm eine Form halb gedanklicher, halb episierender Dichtung, die ebenbürtig neben der ›objektiven‹ und dramatischen Balladik Meyers und Fontanes steht.

In der Mitte zwischen der Liedstruktur, von der Storms Schaffen ausgeht, und dem ›gebauten‹ Sprechgedicht liegen die politischen Gedichte. Sie sind, obwohl von Storm als Lieder intendiert, wesentlich stärker architektonisch struk-

36 Ebd., S. 188.
37 Ebd., S. 188.

turiert als etwa die Natur- und Liebeslyrik. Zweifellos hängt die härtere Fügung dieser Gedichte vom Thema ab; Storm selbst hat »die Energie der Begeisterung und des Charakters« seiner Lyrik in einem (vorn im Abschnitt »Zur Lyriktheorie« abgedruckten) Brief an den Literaturwissenschaftler Emil Kuh ausdrücklich festgehalten und von »klangvollen« und »wuchtigen« Versen gesprochen. Er betont Kuh gegenüber, der »die stärksten« und »höchsten Bewegungen der Seele« in Storms Gedichten vermißt, »diese ganze starke Seite« der eigenen Lyrik; gewiß zu Recht.
Storms eigene Lyriktheorie hat vielfach den Weg zu einer gerechten Würdigung seiner gesamten Lyrik verstellt. Storm selbst verficht die Theorie der ›Erlebnislyrik‹; er stellt sich in die Tradition des Goetheschen ›Gelegenheitsgedichtes‹. In einer (vorn im Abschnitt »Zur Lyriktheorie« abgedruckten) Rezension erklärt er ausdrücklich, »das eigentliche Machen« von Gedichten beruhe auf »einem gänzlichen Verkennen des Wesens der lyrischen Dichtkunst«. Beim lyrischen Gedicht müsse nicht allein »das Leben«, es müsse »geradezu das Erlebnis das Fundament desselben bilden«.[38] Wenn Storm aber die Erlebnislyrik zuweilen mit dem Lied identifiziert, so verengt er hier unnötigerweise seinen ›produktionsästhetischen‹ Ausgangspunkt;[39] denn der von ihm geforderte ›Naturlaut‹ muß ja nicht an die Form des Liedes gebunden sein. Jedenfalls hat Storm, auch wenn er zeitlebens an dem Erlebnis als dem Ursprung lyrischen Dichtens festgehalten hat, in seiner dichterischen Praxis die Liedform mehrfach, und zwar in einigen seiner besten Gedichte, verlassen und sich einer stark von Räsonnement durchsetzten Sprechdichtung zugewandt. Aber nicht nur in der Formfrage hat Storm seine enge Lyriktheorie überwunden, auch in der Genesefrage selbst löste er sich in den späteren Ge-

38 Müller, *Theodor Storms Lyrik* (vgl. Anm. 32), S. 21, spricht in diesem Zusammenhang von »Identifikationslyrik«.
39 Müller, *Theodor Storms Lyrik* (vgl. Anm. 32), S. 30, spricht ebenfalls von Storms theoretischer Reduktion der Lyrik auf das »humane Seelenlied«.

dichten von der Theorie reiner Erlebnislyrik. An seinen Sohn Hans schreibt er Ende Mai 1868:

Wussow kannst Du auf seine großmütige Rede bestellen, daß, wenn meine Poesie überhaupt einen Wert hat, auch die darin enthaltne Demokratie ihren Wert und ihre Wirksamkeit haben wird. Habe ich keine Wirksamkeit auf die Gemüter und in letzter Instanz auf die Taten der Menschen, so haben es Dichter und Denker überhaupt nicht; und das wird selbst der vernageltste Bureaukrat oder Aristokrat nicht behaupten wollen. Es wäre doch sehr merkwürdig, wenn durch mein »Im Schloß«, das in der »Gartenlaube« von mehreren hunderttausend Menschen gelesen, und mit Begeisterung gelesen ist [...], wenn dadurch nicht in vielen der Leser ein Nachdenken, eine Vorstellung, eine neue Einsicht oder ein schärferes Empfinden und Auffassen dieser Verhältnisse des Lebens bewirkt worden wäre.
Das widerspräche auch aller Erfahrung. Bin ich ein Dichter, so habe ich mit dem aus meinem Innersten Ausgeprägten auch eine Wirkung auf mein Volk.
In meinen Gedichten ist das alles noch schärfer ausgeprägt; sie sind freilich nicht so gelesen; aber doch jetzt in drittehalbtausend Exemplaren in Deutschland verbreitet.
Freilich ist unsre Wirkung nicht so rasch und so handgreiflich, als wenn eine Armee gesiegt hat; aber daß die Wirkung da ist, das empfinden doch in unsrer Zeit die Gewalthaber deutlich genug.[40]

Die Absage an die ausschließlich erlebnisverhaftete Lyrik schlägt sich naturgemäß am stärksten in den politischen, fast agitatorischen Gedichten der sechziger Jahre nieder (*Gräber in Schleswig*, *Die fremde Sprache*, *1864*), aber auch in den Sinnsprüchen und den lyrischen Zweizeilern.
Parallel mit der Abwendung von reiner Erlebnisdichtung geht die Entwicklung der lyrischen Sprache. Während in den Jugendgedichten (bis 1844) viel leere Konvention herrscht, die deutliche Reminiszenzen an Heine und Goethe enthält und mit Formeln und Klischees arbeitet, schafft sich Storm in den Versen seiner Reifezeit (1844–67) für den

40 Briefe I,522 f.

Ausdruck des Stimmungs- und Gefühlhaften eine Sageweise, die den feinsten Seelenregungen Nuance verleiht, allerdings das Sentimentale nicht immer meidet und auch sehr Persönliches fast bis zur Peinlichkeit offenbart. In einigen Fällen gerät sie sogar in die Nähe typisch gründerzeitlicher ›Goldschnittlyrik‹. Verse wie »Nun gib ein Morgenküßchen« (entstanden Sommer 1845) oder *März* erklären Rudolf Gottschalls Tadel, Storms Poesie sei »Lyrik für den Nipptisch«.[41]

Morgens

Nun gib ein Morgenküßchen!
Du hast genug der Ruh;
Und setz dein zierlich Füßchen
Behende in den Schuh!

Nun schüttle von der Stirne
Der Träume blasse Spur!
Das goldene Gestirne
Erleuchtet längst die Flur.

Die Rosen in deinem Garten
Sprangen im Sonnenlicht;
Sie können kaum erwarten,
Daß deine Hand sie bricht.

Der Anfang des 1848 (bis 1852) verfaßten, von Storm hochgeschätzten Gedichtes *Auf dem Segeberg* bestätigt die partielle Zugehörigkeit zu der heftig abgelehnten gründerzeitlichen Lyrik.

41 Gottschalls Rezension des *Hausbuchs* erschien 1871 in der ersten Nummer der *Blätter für literarische Unterhaltung*. Vgl. dazu Briefe II,35, an Paul Heyse, 13. 9. 1871. Wie tief dieser Vorwurf Storm verletzte, geht aus verschiedenen Briefen hervor, etwa an Hartmuth Brinkmann, 25. 2. 1873, S. 56; an Eduard Alberti, 12. 3. 1882, S. 244 f.; an Ferdinand Tönnies, 26. 12. 1884, S. 313; im »Entwurf einer Tischrede zum siebzigsten Geburtstag«, in: *Sämtliche Werke* (vgl. Anm. 7) IV,539.

Hier stand auch einer Frauen Wiege,
Die Wiege einer deutschen Frau;
Die schaut mich an mit Augen blau,
Und auf dem Felsen, drauf ich liege,
Schließt sie mich plötzlich an die Brust.
Da werd ich mir des Glücks bewußt. [. . .]
Da tauchen an des Berges Seite
Zwei Köpfchen auf aus dem Gestein;
Zwei Knaben steigen durchs Gekräute;
Und sie sind unser, mein und dein. [. . .]

Storm rechtfertigt die zwei Jahre nach seiner Entstehung (Mai 1865) erfolgte Publikation seines bekenntnishaften Zyklus *Tiefe Schatten* gegenüber dem Sohn Hans (Brief vom 14. 7. 1867):

Du meinst, ich hätte die Gedichte nicht drucken lassen sollen. Ich glaube, daß Du Dich irrst, mein liebes Kind. Ein Dichter, der an seinen Beruf glaubt – und das tue ich –, darf grade sein Heiligstes seinem Volke nicht vorenthalten; ich glaube sogar, es ist ein Kennzeichen des echten Dichters, daß er es ohne Scheu hingibt, vielmehr mit dem Bewußtsein, dabei im Dienst des Großen und Schönen zu stehen. Wie der Reiche dem geliebten Toten ein Monument von Marmor setzt, so setzt der echte Dichter ein Monument aere perennius, in der Kunst des Wortes ausgeprägt, und findet seinen Stolz und sein schmerzliches Glück darin, sich vor aller Welt zu dem Geliebten zu bekennen.[42]

Gefühlhaftigkeit und Konfessionscharakter mancher Verse aus Storms mittlerer Phase wirken heutzutage vielleicht zu direkt. Erst in den späteren Gedichten (nach 1870) tritt das auf Vorweisbarkeit bedachte Gefühlserlebnis zurück, die Sprache wird lapidar, die Aussage indirekt; der Dichter erzielt stärkere Wirkung durch Aussparen, Andeuten und Verschweigen. ›Schweigen‹ wird zu einem Leitmotiv der späteren Lyrik, die alle zur Schau gestellte Innerlichkeit zurücknimmt bis an die Grenze des nur noch Angedeuteten. Das freie Ausströmen ist vom »unmittelbaren Drang des

42 Briefe I,503 f.

Gefühls« abhängig; läßt dieser Drang zum lyrischen Bekennen mit vordringendem Alter nach, so empfiehlt Storm der mit ihm Briefe tauschenden Dichterin Ada Christen (21. 10. 1869): »Kommen die Lieder nicht mehr von selbst, so versuchen Sie es lieber mit der Prosa.« Und er gesteht: »Ich habe in dieser Erkenntnis seit zehn Jahren keine Lyrik mehr geschrieben.«[43] Fast zehn Jahre später, am 15. Juli 1878, schreibt er an Gottfried Keller, er hoffe zwar, ihm einige neuere Verse senden zu können, er müsse aber trotzdem gestehen, daß er »im Punkt der Lyrik ein mürrischer, griesgrämiger Geselle« sei: »Auch den Meistern glückt's darin höchstens ein halbes, allerhöchstens ein ganzes Dutzend Mal.«[44] Man sieht, die vielzitierte Erkenntnis Gottfried Benns war schon früher bekannt.[45] Einige der dichtesten Verse stammen aus der Spätzeit Storms: die Verhaltenheit gerade des Gefühlhaften entzieht sie dem Bereich bloßer Empfindung und rückt sie in die Tradition indirekten Sprechens, das weite Partien der Gegenwartslyrik kennzeichnet. Diese Entwicklung nachzuvollziehen dient nicht zuletzt die chronologische Anordnung der Gedichte.

Instinktiv lehnt Storm die selbständige Gedankenlyrik ab; sie erfaßt nicht mehr das Weltgeschehen. Einzelereignisse mögen faßbar sein im Denkprozeß; das Gesamtgeschehen als Bewegung des Seins ist nur erahnbar in einem gleichsam vordenkerischen Zustand, dem des Dichtens. Das nicht in absoluten Gegensatz zum Werden gebrachte Sein

43 Briefe I,547.
44 Briefe II,160.
45 Gottfried Benn schreibt in seinem Vortrag »Probleme der Lyrik«: »Keiner auch der großen Lyriker unserer Zeit hat mehr als sechs bis acht vollendete Gedichte hinterlassen, die übrigen mögen interessant sein unter dem Gesichtspunkt des Biographischen und Entwicklungsmäßigen des Autors, aber in sich ruhend, aus sich leuchtend, voll langer Faszination sind nur wenige – also um diese sechs Gedichte die dreißig bis fünfzig Jahre Askese, Leiden und Kampf« (Gottfried Benn, *Gesammelte Werke in acht Bänden*, hrsg. von Dieter Wellershoff, Bd. 4, Wiesbaden: Limes Verlag, 1968, S. 1069 f.).

impliziert Entwicklungen; sie, als unendliche gedacht, sind nicht auf den Begriff einer finalen Ordnung zu bringen; insofern sind sie dem Sein untergeordnet und nur als Phänomene benennbar, nicht aber rational auf Grund und Ziel hin zu erkennen. Ausdruck dieser passiven, dem Gegenstand und seinen Bewegungen hingegebenen Haltung sind die kontemplativ-betrachtenden Gedichte (meisterlich *Abseits*), die für Storms ›Stimmungslyrik‹ spezifisch sind. Die Gründe der Weltbewegung erschließen sich dem Subjekt über die Isolierung. Das mag seltsam klingen, aber das Motiv des Alleinseins steht nicht von ungefähr an zentralem Ort in Storms Dichtung. Es bedeutet auch keinen Widerspruch, daß die isolierten Subjekte nach Überwindung ihrer Vereinsamung streben; denn in dieser Überwindung vergessen sie nur den Grund ihres Alleinseins. Die Liebe, auch sie in Storms Werk zentral thematisiert, ist intentional nichts anderes als mühseliger Versuch, die Einsamkeit des Ichs zu durchbrechen (etwa *Im Zeichen des Todes*). Das Scheitern der Liebe als der einzig denkbaren Rettungsmöglichkeit vor der toddrohenden Ver-Einzelung sieht Storm realistisch nicht so sehr in naturhaften Gegensätzen der ja gerade nach Liebe bedürftigen Subjekte begründet, sondern in den Widerständen der sich dieser Liebe entgegenstellenden ›Welt‹. Der Grund der Vereinsamung des Subjekts ist nur äußerlich ein sozialer; Storm faßt ihn durchaus meta-sozial: das Subjekt versteht sich nur als zufällig manifest gewordene Durchgangsstufe der ›tausend Teilchen‹. Storms Verständnis von der Zufälligkeit des individuellen Seins äußert sich in der Trauer als ständig durchscheinender psychischer Grundverfassung; Engagement in politischen Tagesfragen überspielt sie nur kurzfristig. Der bloßgelegten Haltlosigkeit des Subjekts im Dasein steht (wie erwähnt) die Liebe als einziger im Diesseits für möglich gefühlter Halt entgegen. Aus dem Gefühl entwickelt Storm dann eine Art ›Philosophie der Liebe‹, die in ihrer konfessionshaften, Sinnlichkeit und Innigkeit verbindenden Konkretion peinlicher Züge nicht enträt. Und zwar zwiefach peinlich: für den Moralisten bürgerlicher Provenienz durch den provokativ vorgetragenen ›Immoralismus‹, und für den Verächter dieser Moral paradoxerweise ebenfalls, weil die von Storm angestrebte Aufhebung des ›Immoralischen‹ im Ästhetischen nicht geglückt ist: die Versöhnung zwischen Verstoß gegen die ›guten Sitten‹ und Ästhetik ist nicht, wie bei George, gewaltsam und gesetzgeberisch, sondern nur aufbegehrend und sentimental; das entzieht der ästhetischen Legitimation in solchen Fällen den Grund. Substrat aller über die Liebe angestellten Reflexionen bleibt ein zehrendes und unbefriedigtes Verlangen nach dauerhaftem Erfülltsein; im Tod des geliebten Partners muß das Ich dann um so schmerzhafter das Scheitern seiner (uneingestandenen) das Diesseits übersteigenden Hoffnungen erkennen. Die verdeckte Hoffnung verleiht Storms Liebesgedichten die über das unverbindliche und private Einzelereignis hinauslangende Angespanntheit, das Gefühl, hier sei einer, der in dieser Liebe nicht nur sie und den sterblichen Partner suche, sondern den Sinn seines Lebens und des ganzen Weltgeschehens. Zu Storms existentieller Deutung der Liebe als der eigentlichen Selbstverwirklichung des auf Privatheit verwiesenen Ichs haben gewiß auch die unbefriedigenden gesellschaftlichen Umstände beigetragen, die ihm eine bürgerlich-politische Entfaltung nicht erlaubten. Jedenfalls legen verschiedene Äußerungen Storms die Annahme nahe, daß der Liebe tatsächlich in seinem Leben *auch* eine »kompensatorische Entlastungsfunktion« zukam.[46] Aus Storms halb freiwilliger, halb erzwungener subjektivistischer Weltanschauung ist ebenfalls die Absolutsetzung des Todesphänomens miterklärbar. Das Erlebnis des Todes, ein zentrales Thema in Storms Dichtung, trägt ambivalente Züge. Einerseits gilt ihm der Tod, in Kontrastsetzung zum tosenden und bewegten Leben, als ›Schlafen‹, Ruhegewähr und Heimkehr, andererseits, das Todesphänomen für sich und ohne Oppositionssetzung

46 Müller, *Theodor Storms Lyrik* (vgl. Anm. 32), S. 71; etwa im Brief Storms an Constanze, vom September 1845.

zu ›Leben‹ betrachtet, überwiegen die dunklen und schrekkensvollen Assoziationen, überlagert die Todesangst die Sehnsucht nach dem ›Schlaf‹. Die Beantwortung der Frage, welche Haltung die ursprüngliche sei, erfordert einen Ausgriff. Storm lehnt das Christentum und dessen Lehren von Erlösung aus dem Diesseits und von individueller Unsterblichkeit ab. Die Liebe zwischen Mann und Frau, heißt es in dem Gedicht *Ein Sterbender*, »dieser unergründlich süße Trunk«, läßt noch den Sterbenden an der Unsterblichkeit zweifeln, da diese Liebe ja »alle Bitternis und Not des Lebens [...] tausendfach« vergelte. Über diese rein diesseitsimmanente Erfüllung hinaus gebe es nichts zu hoffen und zu verlangen. Die »bunten Bilder« vom ewigen Leben, dem Leben nach dem Tode, seien für die Gläubigen das zubemessene Glück. Der Sterbende aber weiß, »daß die Todesangst / Sie im Gehirn der Menschen ausgebrütet«. Der Sterbende bekennt, er habe niemals die Vernunft gefangen gegeben, »auch um die lockendste Verheißung nicht«. Der Priester, der die Auferstehung und das ewige Leben verkündet, solle, so lautet der letzte zu Papier gebrachte Wunsch des Sterbenden, dem Grabe fern bleiben, denn es schicke sich nicht, »daß Protest / Gepredigt werde dem, was ich gewesen, / Indes ich ruh im Bann des ew'gen Schweigens«. Noch deutlicher als aus diesen 1863 entstandenen Versen spricht ein am 11. August 1865 verfaßtes Gedicht die Gewißheit aus, das Leben sei in sich abgeschlossen und weise nicht über sich hinaus. Aus dem »seligen Glauben des Kreuzes« breche ein selbstloserer und größerer Glaube hervor, dessen Gebot so laute: »Edel lebe und schön, / Ohne Hoffnung künftigen Seins / Und ohne Vergeltung, / Nur um der Schönheit des Lebens willen.« Dem Glauben an die Endlichkeit des menschlichen Seins verbindet sich der von der Unendlichkeit der Teile, die das individuelle Sein ausmachen. Das Ich löst sich mit dem Tode auf, doch die Teilchen, aus denen es gebildet wird, gehen nicht verloren; sie lösen sich zwar auf, doch stehen sie, »in tausend neuerschaffnen Wesen« wieder auf, zu denen sie sich, dem

Lauf der Natur entsprechend, zusammensetzen. Gleichwohl, und diese Überzeugung steht zentral in Storms Denken über das Leben, geht das individuelle Wesen verloren, das nur in der ganz einmaligen Zusammensetzung der Einzelteile bestand, »wenn nicht der Zufall die verstäubten« Teilchen aufs neue zu einem ›Sein‹ verbindet (*Wie wenn das Leben wär nichts andres*).[47] Man weiß freilich, daß hinter dieser so vernunftbewußten und rationalen Betrachtung von Leben und Tod ein instinktives und kreatürliches Verhalten sich verbarg, das etwa in Storms letztem Lebensjahr im Angesicht des gewissen Todes als spontane Todesangst sich äußerte. Diese Zweischichtigkeit findet sich auch im Werke selbst. Es läßt sich trennen zwischen beinahe programmatischen Äußerungen wie den zitierten, in denen die rationale Haltung dominiert, und Äußerungen, in denen unbewußt die irrationale Tiefenstruktur durchscheint. Sie finden sich vor allem dort, wo der Begriff ›Tod‹ nicht als Opposition entweder zu den Begriffen ›schlechtes Leben‹ oder ›schönes Leben‹ steht und seine Bestimmung als ›ersehnter Tod‹ oder ›schrecklicher Tod‹ von ihnen erhält, also dort, wo Tod und Leben als intentional wertneutrale Opponenten gegenüberstehen oder dort, wo der Begriff ohne den Gegenbegriff begegnet, weil in den Kontrastierungsfällen meist die rationalisierten die unbewußten Momente überdecken oder ausschalten. Dort ist der Tod und sein Umfeld meist charakterisiert mit den Attributen ›kalt, fremd, furchtbar, verlassen, allein, einsam, still, stumm, leer, öd, bodenlos, wesenlos, rätselhaft, quälend, schrecklich, entsetzt, bleich, trübe, grimm, dunkel, schwarz‹; dazu passen die Substantive ›Schattenleben, Staub, Nacht, Todesangst, Dämmrung, Asche, Schweigen, Gitter, Vernichtung, To-

47 Storms Gedanken finden in der ihm bekannten Philosophie Schopenhauers partiell Entsprechungen – die Individualität konstituiert sich nur vermöge von Raum und Zeit; im Tod löst sie sich auf in das All – doch bleibt die grundsätzliche Einstellung beider zum Leben verschieden. Während Schopenhauer den Willen (zum Leben) verneint, findet sich bei Storm dessen (implizite) Bejahung.

deseinsamkeit, Grabesruh, Abgrund‹ und die Verben ›drücken, erlöschen, brechen, zerfallen, stürzen, zerreißen, verwesen, verlassen‹. Der Tod gilt besonders in den intentional wertneutralen Oppositionen, und zwar unbewußt, als grauenerregende, unheilvolle und schicksalhafte Größe, der gegenüber der Mensch machtlos bleibt. Die zwei allgemeinen Prinzipien Leben und Tod bestimmen seine individuelle Existenz: alles weitere, Politik, soziale Ordnung, Religion, und deren partieller Ersatz, die Kunst, fällt dagegen ab, bleibt sekundär. Von den zwei Deutungsmöglichkeiten des Todes: Tod als Ausstoßung aus dem Kreis der Lebenden und Tod als Rückkehr in den Schoß pränatalen Seins, bricht bei Storm hinter der bewußt propagierten zweiten Deutung die erste existentiell hervor: die Todesangst.

Von hier aus gewinnt die Darstellung des Lebens erst ihren tiefen Sinn: Leben als reiche Welt subjektiver Erfahrbarkeit gegenüber dem Tod als dem schlechthin Unbekannten, dessen rationale Gleichsetzung mit dem Nicht-Sein in Momenten, wo Programmatik keine Rolle spielt, der prärationalen Angst weicht.[48] Im Erinnern – die Erinnerungstechnik ist die von Storm mit Vorliebe gepflegte Erzählweise – schart das Ich sein gesamtes Erleben um sich, läßt alle Stationen des Erfahrenen an sich vorüberziehen. Was bedeutet das Erinnern anderes als ein ständiges Zurück-Rufen und Vergegenwärtigen? Es gewährt in der Vergehbarkeit der Dinge den einzigen *geistigen* Halt, auch er, wie die Liebe, diesseits-immanent. Leben auf seinem Gipfel ist nicht ›laute Rede‹, ›helles Tosen‹, ›Drang des Tages‹, nicht die vergängliche und augenblicksgebundene Aktivität, sondern die Zusammenführung aller scheinbar entschwundenen Momente im Gedächtnis: in diesem Erinnern versammelt sich das Leben gegen seine Vergänglichkeit, gegen seine Vernichtung durch den Tod. Die gestaltete Erinnerung hebt dann die Vergänglichkeit quasi auf, ein in der bürgerlichen Ideologie der nachklassischen und erzwungen pseudo-

48 Vgl. Briefe I,112, an Constanze Esmarch, 6.–9. 7. 1846.

realistischen Nationalperiode deutscher Literatur nur konsequenter Schluß! Der Antagonismus Leben und Tod erweist sich am sinnfälligsten in der Sterbestunde. Leben als geistig-psychisches Prinzip hat nie allgemeine, nur individuelle Substanz, die in der je eigenen Erinnerung des Ichs greifbar wird: sie wirft das Ich als bewußter Träger der Lebensqualität dem Tod entgegen, der seinerseits nur als Vernichter dieser individuellen Lebenssubstanz verständlich wird. So drückt das geballte Erinnern in der Todesstunde das Haftenwollen am Leben aus: daß gerade die Liebe in diesem End-Erinnern die überragende Rolle spielt, verstärkt die Bedeutung der Erinnerung überhaupt (*Ein Sterbender*). Die Liebe ist die eigentliche Legitimation des Lebens; ohne sie wäre der Wunsch nach Aufrechterhaltung des Lebenszustandes sinnlos. Das ohne Liebe isolierte Ich vermöchte dem Todesprinzip keinen legitimen Widerstand zu leisten. Insofern ist Liebe für Storm doch mehr als bloße Kaschierung des Isoliertseins. Tatsächlich hebt sie die Einsamkeit nicht nur zum Schein auf, sondern bildet die noch bis über den Tod des geliebten Partners hinaus an den eigenen Tod reichende Gewißheit vom Sinn des individuellen Daseins. Daß Storm konkret das Liebeserlebnis in Form von ›Ehelyrik‹ kultivierte, brachte dieser Liebeslyrik wohl die Sympathie bürgerlicher Kreise entgegen, auf deren (sittliche) Zustimmung er allerdings keinen Wert gelegt hätte. Auch schließt die bewußte Verdiesseitigung der Existenz bei allem programmatischen Ernst den Humor nicht aus, macht ihn vielmehr zu einem Tragepfeiler der ohne ihn erbittert einseitig bleibenden Welt.
Vierzehn Tage nach dem Tod Constanzes schreibt Storm an Mörike:

Sie wissen ja, daß ich Ihren glücklichen Glauben nicht zu teilen vermag; Einsamkeit und das quälende Rätsel des Todes sind die beiden furchtbaren Dinge, mit denen ich jetzt den stillen unablässigen Kampf aufgenommen habe. Gleichwohl bin ich nicht der Mann, der leicht zu brechen ist; ich werde keines der geistigen Interessen, die mich bis jetzt begleitet haben und die zur Erhaltung meines Lebens gehören, fallenlassen; denn vor mir [...] liegt Arbeit, Arbeit, Arbeit![49]

Die Gefahren, die von einer Verabsolutierung der Erinnerung im Leben drohen, hat Storm klar erkannt; vor allem in den späteren Jahren mehren sich die Zeugnisse einer Gegenwarts- und Zukunftsverbundenheit. An den Sohn Karl schreibt er am 2. Februar 1880:

Mein lieber Junge, man darf nicht in Erinnerungen schwelgen, wenn man für das Leben etwas leisten will. Vorwärts![50]

Der Zukunftszugewandtheit und dem Optimismus entsprechen im lyrischen Werk die keineswegs gering zu veranschlagenden humorvollen (nicht eigentlich humoristischen) Gedichte und die ›Sprüche der Lebensweisheit‹.
Es ist nur konsequent, daß Storm, im Glauben an die Ausschließlichkeit des diesseitigen Lebens, dem Politischen eine bedeutsame Stelle in seinem Werk einräumt, soweit die zuvor genannten Prämissen dies zulassen. Es wäre falsch, in ihm nur einen Produzenten von Innerlichkeit, bewußt oder unbewußt verdrängter Aktivität, zu erblicken. Er selbst hat auf seine politische Dichtung den größten Wert gelegt. Dem Literaturwissenschaftler Emil Kuh, der in seinem Essay über Storm (1874) die Begrenzung der in den Gedichten gestalteten »Seelen-Bewegungen« konstatiert hatte, zählt Storm eine lange Reihe von Gedichten auf mit »starken Herzenstönen«; unter den genannten befinden sich zahlreiche ausgesprochen politische oder, wie Storm sie genannt hat, ›patriotische‹ Gedichte,[51] mit einem für heutige Leser oft fatalen Wortschatz (*Gräber an der Küste*). Wie hoch Storm selbst die politische Lyrik einschätzte, geht auch aus einem vom 4. Dezember 1852 datierten Brief an den Schwiegervater Ernst Esmarch hervor; dort berichtet er, er

49 Briefe I,467 f., Brief vom 3. 6. 1865.
50 Theodor Storm, *Briefe an seine Kinder*, hrsg. von Gertrud Storm, Braunschweig: Westermann, 1916, S. 173.
51 Brief vom 27./29. 11. 1874; vgl. Abschnitt »Zur Lyriktheorie«.

habe seine »patriotischen Lieder« einem Bewerbungsschreiben an den Herzog von Sachsen-Gotha und Coburg beigefügt.[52] Das politische Interesse Storms entzündete sich allerdings nur an dem Schicksal seiner vielumkämpften Heimat Schleswig-Holstein. Das Engagement gegen die Dänen wird nicht von dem für ihn abstrakt bleibenden nationalen Gedanken geweckt, sondern von der konkreten, in die eigene Existenz eingreifenden Bedrohung der *Heimat* in dem – trotz aller in subjektiver Ehrlichkeit ihr aufgeladenen Gefühlswerte – mittlerweile, aber auch schon damals von manchen (Fontane), als ominös empfundenen Sinn. In der Prosa, den Gedichten und den Briefen bleibt das große politische Geschehen am Rande. Dem Oberlehrer am Barmer Realgymnasium Gustav Hoerter, der 1878 im Barmer Gewerbeverein einen Vortrag über Storm halten wollte, schreibt er, anläßlich seiner Bitte um Auskünfte, zu einigen Fragen, am 1. April 1878:

Ihre vorangestellte Frage anlangend, so war zur Zeit der Reichsgründung die Zeit meiner lyrischen Produktion im wesentlichen vorüber; aber es ist nicht das allein. Mich interessiert mehr der Mensch als die Menschheit, mir fehlt wohl das, was man historischen Sinn nennt. Hier bei unserem Kampfe trat alles unmittelbar an mich und die Personen um mich her heran; ich selbst stand mitten in der Bewegung und wurde persönlich, zumal da man auch unsre Sprache antastete, in Mitleidenschaft gezogen. Von der Reichsgründung hörte ich aus der Ferne, daß sie gemacht wurde; während wir hier, mochten wir noch so gut zum Ganzen halten, nun andrerseits den Groll gegen die noch nicht verwinden konnten, die uns recht subalterne, wenig vornehme Persönlichkeiten sandten, um uns zu belehren, auf welch niedrer Stufe wir mit all unserm heimischen Wesen standen.[53]

Stärker als an den außenpolitischen Ereignissen nahm Storm Anteil an der inneren Entwicklung Deutschlands. Seine Abneigung gegen Adel und Kirche hat er bei vielen Gelegenheiten bekundet; in seinem vom 18. Januar 1864 da-

52 Briefe I,167.
53 Briefe II,151 f.

tierten Brief an den Freund Hartmuth Brinkmann nennt er den »Adel (wie die Kirche)« »das Gift in den Adern der Nation« und wünscht sich, im Kampf um die neue Ordnung »der Tyrtäus der Demokratie« zu sein.[54]
Allerdings darf nicht übersehen werden, daß Storms vor allem in den Sprüchen und den Novellen vorgetragene Kritik nie den Rahmen bürgerlicher Gesellschaft sprengt, sondern nur deren Auswüchse zu beseitigen trachtet. Dieser Begrenzung entsprechen im Positiven die ausschließlich für den bürgerlichen Mittelstand bestimmten ethischen Verhaltensregeln. Am 27. Dezember desselben Jahres, mitten in den schleswig-holsteinischen Wirren, klagt er dem Freund Ludwig Pietsch:

Ich hab diese Geschichten eigentlich zum Speien satt; möchte mit den Meinen und einigen Getreuen in den Urwald fliehen, oder wenn wir nur noch eine rechte Heide hätten! Hätte ich nur nicht so viele Mäuler zu stopfen – aber das ist, was Elend läßt zu hohen Jahren kommen.[55]

Und am 7. April des folgenden Jahres schreibt er, ebenfalls an Ludwig Pietsch:

Die politischen Zustände sind so widerlich, daß ich mich krampfhaft dem zuwende, wo diese Atmosphäre nicht hineindringen kann.[56]

Diese wenigen Zitate kennzeichnen die weitere Entwicklung Storms, der sich wegen des ihm verhaßten preußischen Junkerregiments von den politischen Themen zurückzieht und keinen dichterischen Anteil an den kriegerischen Auseinandersetzungen Preußens mit Österreich und mit Frankreich nimmt, anders als sein lyrischer Kontrahent Geibel, der durch seine 1871 erschienenen *Heroldsrufe* breite Resonanz findet und erneut Popularität erringt.

54 Briefe I,440.
55 Briefe I,465 f.
56 *Blätter der Freundschaft. Aus dem Briefwechsel zwischen Theodor Storm und Ludwig Pietsch*, mitget. von Volquart Pauls, Heide in Holstein: Boyens, 1939, S. 147.

Storms Ablehnung, anläßlich des Deutsch-Französischen Krieges ›Schutz- und Trutzlieder‹ zu verfassen,[57] hängt – trotz der Empörung über die ›frevelhafte‹ französische Kriegserklärung und trotz der (nicht mit Begeisterung zu verwechselnden) Anteilnahme an der nationalen Verteidigung[58] – mit seiner Abneigung gegenüber dem preußischen »System der brutalen Machtherrschaft«[59], der »Bismarckschen Räuberpolitik« und der ostelbischen »frechen Junkerherrschaft« zusammen.[60] Schon nach der Übernahme Schleswig-Holsteins in die preußisch-österreichische Verwaltung, noch vor der Gasteiner Konvention (August 1865), beklagt sich Storm über die Aufführung der siegreichen Preußen:

Ich lebe übrigens eigentlich wie in einem fortwährenden moralischen Katzenjammer; diese politische Situation ruiniert einen innerlichst; in der eignen Heimat von der Willkür Fremder abzuhängen, ein vollständig wehrloses Objekt, das ist noch schlimmer, als simpelweg hinausgeschmissen zu werden, was ja denn auch jeden Augenblick geschehen kann.[61]

Ein weiteres Schlaglicht auf Storms Verzicht, politisch zu wirken, wirft die Tatsache, daß er 1867 den öffentlich exponierten Posten eines Amtmanns ausschlägt und den schlechter dotierten eines Amtsrichters annimmt, weil er das Gefühl hat, es könnten Dinge von ihm verlangt werden, die er nicht tun könnte, »als sei eine ganze Rechtlichkeit nicht durchzubringen, ohne zu fallen«.[62] In der Position eines Amtsrichters sieht Storm sich weniger der

57 Briefe II,22, an Ernst Storm, 8. 8. 1870; an Gustav Hoerter, 1. 4. 1878, S. 151.
58 Briefe II,15, an Ernst Storm, 18. 7. 1870; an Ernst Storm, 3. 8. 1870, S. 19; an Karl Theodor Pyl, 14. 11. 1870, S. 29.
59 *Blätter der Freundschaft* (vgl. Anm. 56), S. 139, Brief an Ludwig Pietsch, 16. 12. 1864.
60 Briefe I,465, an Ludwig Pietsch, 27. 12. 1864.
61 *Blätter der Freundschaft* (vgl. Anm. 56), S. 143, Brief an Ludwig Pietsch, Anfang 1865.
62 Briefe I,501, an Ludwig Pietsch, 12. 3. 1867; vgl. auch Briefe I,507 f., an Friedrich Eggers, 16. 8. 1867.

Gefahr ausgesetzt, in »Überzeugungskonflikte« zu geraten.[63]

Mit diesem sich selbst auferlegten Rückzug aus dem öffentlichen politischen Leben ist gewiß ein Teil von Storms ausschließlicher Zuwendung zur Gestaltung von Privatschicksalen, von ›Seelen‹-Problemen, von individuellen, meist im Rahmen des Kleinbürgertums verankerten Konflikten zu erklären. Die scheinbare Idylle bleibt indes nicht ungefährdet; sie ist ständig – auch von der Gesellschaft – bedroht, und gerade aus dieser Bedrohung erwächst ihr eine exemplarische Bedeutung, die den an sich belanglosen Einzelfall zur typischen Fallstudie erhebt. Dennoch sollte, bei aller Berechtigung der gesellschaftlichen Betrachtungsweise, nicht außer acht gelassen werden, daß die Abwendung von der Gesellschaft eine das ganze Werk Storms durchziehende Komponente seines Wesens darstellt, die in der älteren Phase, vor dem bewußten Verzicht auf politisches Engagement, eher stärker entwickelt war als in den späten Novellen. Die historisch-soziale Sichtweise greift zu kurz, wo immer sie Kunst ausschließlich aus sozial bedingter Psychogenese erklärt: die materialistischen Vorläufer der Marx und Engels, weil sie rein mechanistischen und analogistischen Prinzipien vertrauten; die Nachtreter dort ebenfalls, wo sie in allem Denken und Dichten nur stumpfsinnige Abspiegelung des jeweils ›Bestehenden‹ sahen. Wenn dies der Fall gewesen wäre, so wären Veränderungen ohnehin nur Ergebnisse von Mutationen gewesen, nicht aber Folge von Ideen. Die nicht wider- und wiederspiegelnde Natur der Geistprodukte ist von solch vereinseitigter materialistischer Position aus nicht zu erkennen. Ihr stünde es lediglich an, die Geistesbeschaffenheit Storms aus seiner Zeit, aus Klasse, Biographie und Anlagen zu erklären. Damit wäre allenfalls über Tradition und Herkunft von Storms Dichten eine Aussage gemacht, nicht jedoch über dessen die Zeit übersteigendes Moment, also

63 *Blätter der Freundschaft* (vgl. Anm. 56), S. 177, Brief an Ludwig Pietsch, 16. 8. 1867.

über die Tatsache, daß noch heute sein Werk Leser findet. Hier müßte zur historischen Betrachtung ergänzend die der Konstanz eines Anthropologisch-Seienden treten. Marx hat dieses Grundproblem aller Literaturwirkung klar gesehen und griffig formuliert:

Aber die Schwierigkeit liegt nicht darin, zu verstehn, daß griechische Kunst und Epos an gewisse gesellschaftliche Entwicklungsformen geknüpft sind. Die Schwierigkeit ist, daß sie für uns noch Kunstgenuß gewähren und in gewisser Beziehung als Norm und unerreichbare Muster gelten.[64]

Zeitbedingtheit und Überdauern der Zeit ist der hier aufgezeigte Gegensatz, den Marx zwar konstatiert, aber nicht löst. Robert Weimann, der marxistische Literaturwissenschaftler, hat den Widerspruch dergestalt aufzulösen versucht, indem er die bildende Funktion von Literatur betonte. Das ist in der nach-marxistischen Literaturwissenschaft durchaus neuartig, hat Marx selbst indes längst gewußt.[65] Marx, der die Wechselwirkung zwischen Produktion und Konsumtion definiert als eine »bei jedem organischen Ganzen« existente Gegebenheit, sieht also im bildenden Moment von Kunst das Moment, welches gerade die ›Dauer‹, das Übersteigen des Entstehungszeitraumes gewährleistet; anders gesagt: die späteren Leser eines literarischen Werkes lesen es als nicht-dokumentarisches Zeugnis nur dann, wenn es Partien enthält, die eine ausschließliche Abbildungsfunktion des historisch Einmaligen verweigern, also Partien enthält, die sowohl von überhistorisch allgemeinem Interesse sind, als auch spezifisch in die Gegenwart des jeweiligen Lesers weisen, zwei Aspekte, die im Leseakt dem rezipierenden Subjekt zur Identität geraten.

64 Karl Marx, *Zur Kritik der politischen Ökonomie*, Berlin: Dietz, 1974, S. 259.
65 Ebd., S. 246. Vgl. dazu Robert Weimann, Gegenwart und Vergangenheit in der Literaturgeschichte. In: R. W., *Literaturgeschichte und Mythologie. Methodologische und historische Studien*, Berlin/Weimar: Aufbau-Verlag, ²1972, S. 11–46.

Was also gewinnt an Storms Lyrik noch heute unser Interesse? Nur diese Frage, die nach dem für die Gegenwart spezifischen Interesse, kann hier Beantwortung verlangen. Die andere, umgreifendere, nach dem historisch-differenzierten Interesse, das verschiedene Epochen Storm entgegengebracht haben, wäre Gegenstand einer rezeptionshistorischen Analyse.

Franz Stuckert liefert in seiner umfangreichen Storm-Monographie die obligatorische Behauptung vom auch heute geltenden Rang Stormscher Lyrik. Schlußglied einer mit Goethe beginnenden Entwicklungsreihe, der »erlebnismäßig gebundenen Dichtung von tiefster Innerlichkeit und feinster rhythmisch-klanglicher Durchbildung«, habe Storm die »reine Lyrik« theoretisch gefordert und »künstlerisch vollgültig verwirklicht«: wenn er auch »keiner der schöpferischen Neubeginner und keiner der wissenden Künder« gewesen sei, so sei er doch als »einer der echtesten und höchsten Meister organischer deutscher Form« zu betrachten. Das sei zwar oft vergessen worden, aber Storms lyrisches Werk bleibe »trotzdem ein unverlierbarer Bestand nicht nur geschichtlich überlieferter, sondern heute noch lebendiger deutscher Dichtung«.[66] In dieselbe Tradition der Erlebnislyrik ordnet auch Fritz Martini Storm ein; zwanzig Jahre nach Stuckert äußert er allerdings die Distanz der Gegenwart zu dieser aus Erlebnis und Gefühl stammenden Lyrik:

Das Jahrhundert, das seither verstrichen ist, hat den Absolutheitsanspruch der Wertnormen des Lyrikprogrammatikers Storm gründlich widerlegt und es hat seine Position als der letzte innerhalb der Geschichte der Erlebnislyrik und Stimmungslyrik verdeutlicht. Sein zeitgenössischer Leser ist durch den gegenwärtigen Leser abgelöst, dessen Erwartungshorizont gegenüber dem Gedicht durchaus verändert ist. Aber berechtigt eine ästhetische und historische Entfremdung bereits schon zu einer Generalattacke, die, Storms eigene ästhetische und historische Voraussetzungen überspringend, seine Gedichte in eine Epigonalität ein-

66 Franz Stuckert, *Theodor Storm* (vgl. Anm. 34), S. 227 f.

rückt, deren Ergebnis die Einmündung in die gegenwärtige Triviallyrik und deren Industrie der Schlagertexte ist?[67]

In Beantwortung dieser Frage kommt Martini, wobei er die Artistik von Storms Kunst gleichberechtigt neben Gefühlsintensität, Unmittelbarkeit und Gegenständlichkeitsstreben stellt, zum resümierenden Schluß:

In die Etappen, die von Heine zur gegenwärtigen Lyrik führen, muß auch, ungeachtet mancher Einschränkungen, der Name Theodor Storm eingezeichnet werden.[68]

Eine solche Würdigung, die Storms Verdienste historisch betrachtet und dabei zu dem Urteil kommt: »Stimmungslyrik ist Gefühlslyrik, sie ist als solche ein heute abgeschlossenes Kapitel in der Entwicklungsgeschichte der deutschen Lyrik«[69], spricht dieser Dichtung die Möglichkeit eines Einflusses auf die Lyrik der Gegenwart ab. Auch wer der These zustimmt, muß zubilligen, daß diese Tradition – zwar nicht weiterbildend, aber auch nicht petrifiziert – in die Gegenwart noch hereinwirkt. Storm als gelesener Autor unterscheidet sich von Storm als historischem Autor. Die Lyrik Storms bewahrt in ihren dichtesten Produkten den Rang einer Konfession: der Konfession des entschlossen allein auf sich gestellten Ichs. Dem kann auch die leichtfertige Rüge, diese Dichtung besitze heute keinen Wert, weil ihr gesellschaftliche Momente wesentlich abgingen, nichts anhaben, denn gerade in ihrer extremen Ich-Bezogenheit kommt ein gesellschaftliches Symptom in den Blick, das in den politischen Liedern der Zeitgenossen kaum begegnet: die fortschreitende Isolierung des Ichs in seiner totalen Vergesellschaftung und seine Sehnsucht nach Überwindung der Einsamkeit im Dialog.

67 Fritz Martini, Theodor Storms Lyrik. Tradition – Produktion – Rezeption. In: *Schriften der Theodor-Storm-Gesellschaft* 23 (1974) S. 21 f.
68 Ebd., S. 25.
69 Ebd., S. 23.

Verzeichnis der Überschriften und Gedichtanfänge

Inhalt

GEDICHTE

Natur und Liebe. Liedhafte Lyrik

Erzählende Lyrik

Politisch-patriotische Lyrik

Sprüche und Widmungen

ZUR LYRIKTHEORIE

Aus Rezensionen und Vorreden

Aus Briefen

ANHANG

Lyrik-Ausgaben

IN RECLAMS UNIVERSAL-BIBLIOTHEK

Deutsche Literatur · Eine Auswahl

Anthologien

An Hölderlin. Zeitgenössische Gedichte. 130 S. UB 8886

Blumen auf den Weg gestreut. Gedichte. 308 S. 16 Farbabb. (Gebunden)

Deutsche Balladen. 647 S. UB 8501 (auch gebunden)

Deutsche Gedichte. 368 S. UB 8012 (auch gebunden)

Deutsche Gedichte 1930-1960. 463 S. UB 7914

Deutsche Gedichte der sechziger Jahre. 294 S. UB 8211

Deutsche Großstadtlyrik. 525 S. 8 Abb. UB 9448

Deutsche Liebeslyrik. 447 S. UB 7759 (auch gebunden)

Deutsche Lyrik-Parodien. 335 S. UB 7975

Deutsche Sonette. 541 S. UB 9934

Deutsche Unsinnspoesie. 117 S. UB 9890

Die vier Jahreszeiten. 291 S. (Gebunden)

Die Wundertüte. Alte und neue Gedichte für Kinder. 317 S. 15 Abb. (Gebunden)

Gedichte des Barock. 413 S. UB 9975

Gedichte des Expressionismus. 261 S. UB 8726

Gedichte der Romantik. 532 S. UB 8230 (auch gebunden)

»Komm, heilige Melancholie«. 592 S. 36 Abb. UB 7984

Kristallisationen. Deutsche Gedichte der achtziger Jahre. 182 S. UB 8827

Lyrik des Exils. 511 S. UB 8089

Lyrik des Jugendstils. 95 S. UB 8928

Lyrik des Naturalismus. 260 S. UB 7807

Lyrik für Leser. 159 S. UB 9976

Moderne deutsche Naturlyrik. 336 S. 6 Abb. UB 9969

Nichts ist versprochen. Liebesgedichte der Gegenwart. 254 S. UB 8559

Einzelausgaben

Ausländer, Rose: *Regenwörter.* Gedichte. 115 S. UB 8959

Benn, Gottfried: *Gedichte.* 188 S. UB 8480

Bernstein, F. W.: *Reimweh.* 139 S. UB 9308

Brentano, Clemens: *Gedichte.* 260 S. UB 8669

Brinkmann, Rolf Dieter: *Künstliches Licht.* 167 S. UB 9311

Brockes, Barthold Heinrich: *Irdisches Vergnügen in Gott.* 96 S. UB 2015

Droste-Hülshoff, Annette v.: *Gedichte.* 176 S. UB 7662

Eich, Günter: *Fabula rasa.* 64 S. UB 8284

Eichendorff, Joseph v.: *Gedichte.* 183 S. UB 7925

Enzensberger, Hans Magnus: *Dreiunddreißig Gedichte.* 75 S. UB 7674

Fleming, Paul: *Deutsche Gedichte.* 190 S. UB 2455

Fried, Erich: *Gedichte.* 80 S. UB 8863

George, Stefan: *Gedichte.* 86 S. UB 8444

Gernhardt, Robert: *Reim und Zeit.* 116 S. UB 8652

Goethe, Johann Wolfgang: *Gedichte.* 252 S. UB 6782

Gomringer, Eugen: *konstellationen.* 156 S. UB 9841

Grass, Günter: *Gedichte.* 88 S. UB 8060

Gryphius, Andreas: *Gedichte.* 173 S. UB 8799

Günther, Johann Christian: *Gedichte.* 103 S. UB 1295

Haller, Albrecht v.: *Die Alpen und andere Gedichte.* 119 S. UB 8963

Hebbel, Friedrich: *Gedichte.* 80 S. UB 3231

Hebel, Johann Peter: *Alemannische Gedichte*. Zweispr. 208 S. UB 8294

Heine, Heinrich: *Buch der Lieder.* 408 S. UB 2231 – *Gedichte.* 208 S. UB 8988 – *Neue Gedichte*. 331 S. UB 2241

Heym, Georg: *Dichtungen.* 86 S. UB 8903

Hille, Peter: *Neue Welten.* 86 S. UB 5101

Hölderlin, Friedrich: *Gedichte.* 248 S. UB 6266

Hofmann v. Hofmannswaldau, Christian: *Gedichte.* 151 S. UB 8889

Holz, Arno: *Phantasus.* 159 S. UB 8549

Jandl, Ernst: *Laut und Luise.* 160 S. UB 9823 - *Sprechblasen.* 96 S. UB 9940

Kästner, Erich: *Gedichte.* 172 S. UB 8373

Karschin, Anna Louisa: *Gedichte und Lebenszeugnisse.* 208 S. UB 8374

Kiwus, Karin: *39 Gedichte.* 71 S. UB 7722

Kleist, Ewald Christian v.: *Sämtliche Werke.* 288 S. UB 211

Klopstock, Friedrich Gottlieb: *Oden.* 184 S. UB 1391

Krolow, Karl: *Gedichte und poetologische Texte.* 67 S. UB 8074

Kunert, Günter: *Gedichte.* 79 S. UB 8380

Lenau, Nikolaus: *Gedichte.* 176 S. UB 1449

Lessing, Gotthold Ephraim: *Sämtliche Gedichte.* 454 S. UB 28

Liliencron, Detlev v.: *Gedichte.* 160 S. UB 7694

Logau, Friedrich v.: *Sinngedichte.* 312 S. UB 706

Mayröcker, Friederike: *Das Anheben der Arme bei Feuersglut.* 79 S. UB 8236

Meyer, C. F.: *Sämtliche Gedichte.* 278 S. UB 9885

Mörike, Eduard: *Gedichte.* 176 S. UB 7661

Morgenstern, Christian: *Alle Galgenlieder.* 315 S. 6 Abb. (Gebunden)

Mühsam, Erich: *Trotz allem Mensch sein.* 192 S. UB 8238

Nietzsche, Friedrich: *Gedichte.* 144 S. UB 7117

Novalis: *Gedichte. Die Lehrlinge zu Sais.* 327 S. UB 7991

Opitz, Martin: *Gedichte.* 216 S. UB 361

Platen, August v.: *Gedichte.* 184 S. UB 291

Rilke, Rainer Maria: *Gedichte.* 324 S. UB 9623 (auch gebunden) – *Duineser Elegien. Die Sonette an Orpheus.* 157 S. UB 9624 – *Fünfzig Gedichte.* 77 S. UB 8291

Rühmkorf, Peter: *Selbstredend und selbstreimend.* 131 S. UB 8390

Schiller, Friedrich: *Gedichte.* 192 S. UB 7714

Schubart, Christian Friedrich Daniel: *Gedichte.* 192 S. UB 1821

Storm, Theodor: *Gedichte.* 173 S. UB 6080

Trakl, Georg: *Werke – Entwürfe – Briefe.* 367 S. UB 8251

Voss, Johann Heinrich: *Idyllen und Gedichte.* 103 S. UB 2332

Wedekind, *Gedichte und Lieder.* 85 S. UB 8578

Philipp Reclam jun. Stuttgart